« PAPILLON »
Collection créée par Jean-Marie Gourio

DU MÊME AUTEUR

AUX ÉDITIONS JULLIARD

Chut !, roman, 1998 (prix Eugène-Dabit du roman populiste ; prix Alexandre-Vialatte ; prix Bacchus).
L'Eau des fleurs, roman, 1999.
Brèves de comptoir, théâtre, 1999 (Grand Prix de l'humour noir).
Les Nouvelles Brèves de comptoir, théâtre, 1999 (Grand Prix de l'Académie française du jeune théâtre, 2000 ; Grand Prix de l'humour noir).
Apnée, roman, 2005.
Alice dans les livres, roman, 2006.
Sex Toy, roman, 2012.
L'Arbre qui donna le bois dont on fit Pinocchio, roman, collection « Papillon », 2016.
Interview d'une vache et scandale au Palais, roman, collection « Papillon », 2016 (prix Jules-Renard 2017).
Le Fabuleux Départ en Laponie de la famille Zoiseaux, collection « Papillon », 2017.
Les Mains de Selim sur le corps du Christ en croix, roman, collection « Papillon », 2017.

CHEZ D'AUTRES ÉDITEURS

Merci Bernard, en collaboration, Balland, 1984.
Autopsie d'un nain, roman, Ramsay, 1987.
Tue-tête, roman, Bernard Barrault, 1989.

(Suite en fin de volume)

JEAN-MARIE GOURIO

LA BALEINE DU LAC D'ANNECY

roman

Julliard

Les vingt et une aquarelles qui illustrent ce roman ont été réalisées par le héros du livre, Murray Haig, et généreusement offertes par lui à l'auteur de ce récit aventureux, croisé souvent à la buvette.

ISBN 978-2-260-03243-4
Dépôt légal : mars 2018

À Yann Queffélec,
qui a vu la baleine.

Longtemps, je me suis trompé de bonne heure. À l'âge de cinq ans, déjà, je regardais un nuage et voyais dans le ciel passer un cheval. Et puis j'ai trouvé des rubis dans les fleurs. Des perles dans les cheveux des filles. Un jour j'ai trouvé des danseurs dans le vin. Des planètes dans l'alcool. Je continue à me tromper encore. Je crois que j'ai vu hier une baleine dans le lac d'Annecy.

Je buvais du vin à la Buvette de la Plage. Il faisait beau. J'étais accoudé. Tranquille. Apaisé. J'avais dans la poche de mon pantalon mon petit bouquin que j'aime tant, *Le Vieil Homme et la Mer*, du grand écrivain Ernest Hemingway. Je ne sais pas si la présence de ce petit bouquin dans ma poche n'a pas influencé ma vue. Les livres ne servent-ils pas à ça ? De la main gauche je serrais mon petit verre de vin blanc, de ma main droite, glissée dans ma poche, je caressais la couverture fraîche du livre, qui raconte la lutte à mort entre un vieux pêcheur surnommé Santiago et un énorme espadon. La lutte durera trois jours, sur la mer des Tropiques, avant un dénouement tout à fait étonnant. J'ai lu ce petit livre je ne sais combien de fois. Je ne peux descendre au bord du lac sans l'avoir dans la poche. Il me manquerait autant que si le lac lui-même n'existait pas. J'ai parfois l'impression de caresser l'écaille géante et lisse d'un poisson que j'aurais dans ma poche de treillis.

Le livre commence ainsi : « Il était une fois un vieil homme, tout seul dans son bateau, qui pêchait au milieu du Gulf Stream. » L'histoire que je raconte pourrait commencer ainsi : « Il était une fois un homme, ni jeune ni encore vieux, tout seul à la Buvette de la Plage, qui regardait le lac d'Annecy. »

Entamer mon récit par « Il était une fois » m'enchante. Je n'aurais jamais cru avoir un jour ce courage-là. Parler comme dans un conte. Ces quatre mots magiques ouvrent toutes les portes. Ils brillent au soleil, autant que quatre gouttes de vin blanc renversées sur le bois verni ensoleillé du comptoir. « Il était une fois quatre gouttes de vin blanc. »

Écrire « Il était une fois », c'est comme dire à quelqu'un « Je t'aime ». C'est culotté. J'aime les histoires qui commencent ainsi. Par « Je t'aime ».

J'ai été boulanger, maraîcher, pêcheur professionnel sur le Léman, imprimeur, relieur, héliciculteur, c'est-à-dire éleveur d'escargots que je revendais aux restaurants, un temps j'ai été pisciculteur, je suis aujourd'hui petit charpentier de marine, je retape des barques anciennes que je remets en circulation. Entre le pain et le bois, je ne suis pas dépaysé. J'ai l'impression d'avoir toujours fait la même chose. Entre la précision de la reliure des livres anciens et la lenteur des escargots que j'élevais, il y a correspondance. Je le sens. Je le vois. Comme entre ces quatre gouttes de vin et ces quatre mots amis, « Il était une fois ». Je les écris sur un cahier bleu, à l'encre bleue. Avec les mots, je fais des ronds dans l'eau. Je ne suis pas écrivain. J'écris pour le plaisir de voir les mots s'aligner proprement puis faire des jolies vagues. L'émotion passe dans les *a* et les *o* comme un bateau sur l'eau. L'ondulation atteint le bord inférieur du cahier à grands carreaux. Alors je tourne la page de mon cahier bleu et je recommence en partant du bord supérieur de ce petit lac de papier que je remplis, je crois, avec douceur, lenteur et méthode.

Une pensée : Mon cahier est une horloge.

Longtemps, je me suis saoulé de bonne heure. J'aime l'ivresse. Le poème qu'elle implique. La déraison. J'en ai trop fait. Je ne peux plus boire autant qu'avant. Je me cantonne au blanc de Savoie et à la bière blonde. Je suis en convalescence d'un excès de rêve embouteillé qui aurait tourné au vinaigre. Je voyais des anges. J'ai trouvé dans les livres de quoi me désoiffer. Je bois Grass, Blondin, McCullers, Duras, Hemingway, Boyd, Tardieu, Woolf, Bukowski. Attention, Hemingway me redonne soif ! *Le Vieil Homme et la Mer* et son goût de sel me piquent la langue et me grattent la gorge. Le parfum des sardines fraîches enfilées sur les hameçons. Les taches rouges du plancton comme un cépage syrah flottant entre deux eaux. N'y pensons plus !

J'habite Talloires depuis dix ans, un village au bord du lac, et les occasions de descendre à la Buvette de la Plage ne m'ont pas manqué. Jamais je n'avais vu un tel déplacement d'eau ! J'ai aperçu, j'en suis presque certain, non, j'en suis sûr !, le puissant dos rond et bleuté d'une énorme baleine apparaître au centre du plan d'eau, comme une île vivante entre la baie de Talloires et le château de Duingt, ancien château fort remanié qui se situe pile en face. L'île a craché son panache d'eau comme on le voit dans les documentaires, un jet bruyant aussi haut que la tour du château. Puis une partie de l'énorme queue du cétacé a frappé la surface avant de disparaître, créant d'énormes remous qui sont venus s'écraser contre la baie. Mon cœur battait dans ma poitrine comme un baleineau qui aurait reconnu sa mère. Il était une fois une baleine dans le lac d'Annecy ! J'étais seul au comptoir, en compagnie de mon verre et de mon beau livre, car il n'y a jamais personne le matin à ce petit comptoir familial. Et personne bien sûr n'a pu voir ma baleine ! Pas même le serveur, qui m'avait abandonné pour aller préparer les sandwichs. Comment le lui dire, moi qui lui avais déjà raconté avoir regardé à une époque des anges et des clowns danser dans les arbres, moi qui suis encore à boire du blanc à sa buvette, dès le matin.

Durant toutes ces années où j'ai pêché la perche, la perchette et la féra sur le lac Léman, je n'ai jamais croisé une bête de cette taille ! Il s'agit pourtant du plus grand lac alpin d'Europe centrale, 73 kilomètres de long sur 14 de large, profond de 309 mètres à son maximum, 89 milliards de mètres cubes d'eau ! Rendez-vous compte ! De quoi y loger facilement une baleine, voire deux, comparé au lac d'Annecy qui ne fait que 15 kilomètres de long sur 800 mètres de large, et d'une profondeur maximale de 80 mètres. Comment une baleine pouvait-elle nager dans le lac d'Annecy alors qu'à ma connaissance il n'en existait pas dans le lac Léman, cinq fois plus long, et quatre fois plus profond ?

Joaquim est revenu avec le plat des sandwichs, ce jeune saisonnier qui travaille l'été à la buvette.

— Joaquim, j'ai vu une baleine !

Il a souri. Il a dix-huit ans. Les yeux verts. Constamment torse nu. J'ai désigné du doigt l'endroit de l'apparition.

— Juste là, au milieu du lac !

— Tu rebois quelque chose, Murray ? m'a-t-il demandé, avant de me tourner le dos pour mettre en route la machine à faire les glaces.

J'ai regardé ses omoplates saillantes, ses côtes apparentes sous sa peau bronzée.

Le fil de sa colonne vertébrale luisante de sueur. Longue arête sur le dos émaillé d'un marlin. Joaquim aurait pu être ce jeune garçon qui accompagne le vieux pêcheur dans ses sorties en mer, l'aide à tirer sa barque sur le talus, lui paie à boire, lui rapporte à manger, lui fournit des appâts.

J'ai ouvert mon livre, une page au hasard. Hemingway décrivait le visage du vieux. « Le vieil homme était maigre et sec, avec des rides comme des coups de couteau sur la nuque. » Je l'ai refermé. Rouvert au hasard. « Quand le vent soufflait de l'est, l'odeur de l'usine à requins remplissait le port ; ce jour-là il n'en arrivait qu'un faible relent, car le vent, après avoir tourné au nord, était tombé. » J'ai refermé le livre. Il m'arrive souvent de le lire comme on boit un vieux whisky, à petites lampées. Il y a de la tourbe dans Hemingway.

Une idée : Vivre à 100 à l'heure, c'est vivre à 1,66 à la minute.

Je suis né à Inverness, capitale des Highlands, à 24 kilomètres du Loch Ness, il y a quarante-deux ans. Sans doute est-ce ma naissance qui me donne le goût du whisky, des livres et des lacs. J'ai quitté l'Écosse à l'âge de cinq ans pour la Suisse. Et puis j'ai quitté la Suisse pour l'Allemagne. L'Allemagne pour la Suède. Embarqué dans les soutes par un père diplomate et une mère biologiste, disparus tous deux dans le naufrage d'un bateau à aubes sur le lac de Côme, en Lombardie, 410 mètres de profondeur, il y a de quoi disparaître à jamais. J'ai quitté la Suède pour revenir en Suisse. La Suisse pour la France. Je serai donc passé du Loch Ness au Léman, du Léman au lac de Constance, de

Constance au lac Vänern, de ce grand lac suédois au magnifique lac d'Annecy. J'ai besoin d'avoir toujours un lac auprès de moi. Je ne m'y baigne jamais. Je vais dessus. J'ai bien trop peur de ce qui vit dedans ! Nessie, surnom donné au monstre du Loch Ness, m'aura, dès ma prime jeunesse, appris la prudence. Mais une baleine dans le lac d'Annecy, je ne m'y attendais pas ! Je ne peux pas affirmer que je recherche ça depuis que j'ai quitté l'Écosse, mais ça y ressemble un peu.

J'ai attendu que Joaquim me resserve pour lui en reparler.

— Une énorme baleine, jamais je n'avais vu ça !

Pendant qu'il servait le vin blanc, qu'il était tout près de moi, j'ai vu le coin de sa lèvre se soulever en un sourire moqueur. J'ai senti le parfum de son corps. Une odeur mêlée de safran, de viande de requin, de mer, de paille, comme dans le bouquin. *Le Vieil Homme et la Mer* parfumait Joaquim. Il a fini de me servir et m'a fixé dans les yeux.

— Tu *vois* trop, m'a-t-il soufflé au visage, avant de retourner à son travail.

— Elle est venue nous dire quelque chose.

— Moi, j'ai rien entendu ! a lancé Joaquim depuis la petite cuisine aménagée derrière la buvette.

— Elle est venue me chercher ! ai-je ajouté.

— Bon voyage, Murray !

J'ai bien senti, au ton de sa voix, qu'il se moquait de moi. Ça ne serait pas facile de convaincre quiconque. Personne n'a cru non plus le docteur Robert Kenneth Wilson qui prit la photo la plus célèbre du monstre du Loch Ness, en 1934, image montrant la tête et le cou de l'animal émergeant du lac. Elle fut publiée le 21 avril 1934 dans le journal *The Daily Mail*. Peut-être aurais-je dû photographier la baleine du lac d'Annecy et en publier la photo dans *Le Dauphiné libéré* ? J'ai sorti de ma poche mon petit carnet, une sorte d'annexe à mon grand cahier bleu, pour réaliser quelques croquis scientifiques de la bête : le dos rond, le souffle, la petite nageoire dorsale très reculée, la queue gigantesque et plate. Je dessinai en arrière-plan le château de Duingt pour donner une échelle à l'animal. La baleine était vraiment gigantesque ! Un miracle de biologie lacustre. Je me prenais pour Darwin.

Le monstre du Loch Ness s'appelle Nessie. Pourquoi ne pas appeler la baleine du lac d'Annecy Jessie ? Nessie et Jessie, le monstre du Loch Ness et la baleine du lac d'Annecy, frère et sœur, jumeaux de lacs, éloignés et liés, acteurs d'une extraordinaire aventure.

Le Loch Ness mesure 35 kilomètres de long sur 2 kilomètres de large, il est profond de 150 mètres, il est facile pour un monstre de la taille de Nessie de s'y cacher : le monstre du Loch Ness aurait la taille d'un plésiosaure, relativement modeste, 15 mètres. Alors qu'une baleine mesure entre 21 et 30 mètres et que son poids peut atteindre 200 tonnes ! Comment le plus grand animal vivant sur la planète a-t-il pu se cacher jusqu'à ce jour dans les profondeurs du lac d'Annecy sans que personne, jamais, l'ait aperçu ? La Compagnie des bateaux du lac d'Annecy propose en saison de nombreuses croisières, et aucun touriste embarqué n'aurait vu ne serait-ce que l'ombre de Jessie depuis la vigie d'un pont supérieur ? L'animal serait donc resté tapi au fond du lac depuis toujours, et serait sorti ce samedi seulement pour une apparition spectaculaire, alors que je buvais tranquillement accoudé à la Buvette de la Plage municipale de Talloires mon verre de blanc ? La longévité d'une baleine est comparable à celle des humains. Je ne m'y connais pas en âge des baleines, mais je donnerais à Jessie environ cinquante ans. Plus que l'âge de raison. Pourquoi une baleine vivant au fond du lac aurait-elle décidé de venir en surface à l'âge de cinquante ans ? L'ennui ? la peur de la mort ? le réchauffement de l'eau ? l'envie de me voir ? le besoin de me provoquer ?

J'ai montré mes croquis à Joaquim.

— Voilà ce que j'ai vu.

Il s'est penché sur le carnet. A plissé les yeux.

— Tu dessines bien, m'a-t-il avoué.

— Aussi énorme que ça !

— Ça serait bien si c'était vrai, a-t-il murmuré.

Il m'a resservi un peu de vin sans que je le lui demande. Nos regards se sont croisés. Il a continué :

— Murray, tu imagines la publicité pour la buvette ?

Il a ri. Ses lèvres ont dégagé ses dents de prédateur. Il ne pouvait mieux dire. Le couple Mackay, gérant du Drumnadrochit Hotel, revenant d'Inverness en voiture le 14 avril 1933, raconte avoir vu le monstre ressemblant à une baleine s'ébrouer une minute avant de disparaître. Il livre les détails de l'expédition à un ami journaliste amateur, ce dernier publie dans le journal local un article sous le titre « *Strange Spectacle on Loch Ness* », ce qui va déclencher une vague touristique et largement gonfler les réservations dans leur hôtel. Joaquim se voyait peut-être rebaptiser la Buvette de la Plage « À la Baleine de Talloires ». Joaquim, jeune saisonnier beau comme un dieu, léger comme un ange, dur comme un coquillage, insaisissable comme une anguille, mériterait bien de devenir patron de La Baleine de Talloires.

Le saisonnier a disparu de nouveau dans la petite cuisine. Le vent tournait. Des nuages blancs incandescents s'accrochaient au sommet des montagnes. La neige tenait encore sur le massif des Bauges. Des plaques de lumière couraient sur les pics et traversaient lentement les alpages. Les risées agitaient la

surface du lac. Je sentais Jessie posée sur le fond, immobile. Chaque mouvement de son corps faisait gonfler la masse de l'eau. Le trop-plein allait se déverser en cascade dans le Thiou qui traverse la ville d'Annecy. Les promeneurs étaient loin d'imaginer que Jessie augmentait le débit de ce qu'ils étaient en train de photographier, cette rivière bouillonnante, contrainte dans son canal aux berges décorées de petits bacs à fleurs. Pourquoi les pompiers qui y font des plongées fréquentes n'ont-ils jamais vu la baleine ? Il faut peut-être l'imaginer posée sur le fond vaseux comme un long rocher. Mimétique. Comment s'y prend-elle pour respirer ? Il lui faut forcément venir en surface. La nuit ? Le lac d'Annecy est un lac apparu il y a dix-huit mille ans, à la période de la fonte des glaciers. Un tel monstre hydrologique ne pouvait se contenter de perches, de féras, de brochets et de carpes, menu fretin de filets. Il lui fallait un hôte à sa démesure. Le Loch Ness, ce monstre à l'eau noire, ne pouvait pas non plus être un simple réservoir à ablettes et carpeaux pour pêcheurs du dimanche. Ces grands corps d'eau ont besoin de cacher dans leur estomac des géants. Sous peine d'ennui mortel et d'assèchement. Il faut aux grands lacs leur songe. L'eau rêve, comme tout un chacun.

Joaquim m'a redonné un peu de vin. Il me sert toujours par demi-doses. C'est mieux. L'air s'est mis à sentir la mer. Les oiseaux cachés dans les grands arbres du parc de la plage se sont tus. Le ciel s'est assombri. L'eau a suivi la descente chromatique.

Vin blanc du matin fait peur au chagrin.

— On va prendre la flotte, a prédit Joaquim.

La pluie n'est jamais bonne pour une buvette de plage. Des vaguelettes se sont mises à frapper bruyamment le rivage, de plus en plus hautes et rapides. Jessie pivotait sur le fond. Joaquim pilait de la glace contre le mauvais sort.

— Regarde bien le centre de l'eau, Joaquim, juste à gauche du château, tu vois le renflement à la surface ?

Joaquim a regardé, pour me faire plaisir. Je sais qu'il m'aime bien. Je suis pour lui un client différent.

— Je regarde, et alors ?

— La baleine est là, posée au fond.

À force de fixer le centre du lac entre Talloires et Duingt, il a fini par reconnaître que quelque chose tremblait. Une force poussait vers le haut. Que l'on sentait. C'était physique. Après un long temps d'observation silencieuse, il a souri, son visage d'ange du mal s'est éclairé.

— Les baleines, ça vit dans l'eau salée ! a-t-il lancé, conquérant.

— Dans l'eau salée ?

— Dans l'eau de mer, et le lac d'Annecy, ce n'est pas de l'eau de mer !

Il a baissé les yeux et s'est mis à séparer les brins de menthe. J'ai encaissé. Nessie du Loch Ness s'apparente à une sorte de dinosaures, lesquels peuvent vivre dans les lacs d'eau douce. Mais aucune baleine n'a jamais vécu dans cette eau-là. J'ai ouvert mon livre, y cherchant je ne sais quel secours. « Passé les limites du port, on se dispersa et chacun se dirigea vers le coin d'océan où il espérait trouver du poisson. Le vieux savait qu'il irait très loin, il laissait derrière lui le parfum de la terre ; chaque coup de rame l'enfonçait dans l'odeur matinale et pure de l'océan. »

Je refermai *Le Vieil Homme et la Mer*, fixai Joaquim et retrouvai devant moi « le jeune homme et le lac ». Hemingway m'avait donné un bon coup de main.

— Tu ne trouves pas que ça sent la mer, Joaquim ?

Joaquim leva le nez. Inspira. C'était vrai. Le lac transportait un parfum d'océan.

D'algues et de sel. D'où pouvait venir ce fort effluve salin ? Partout sur les rives du lac on peut lire des panneaux « Ne pas donner de pain aux canards ». Le sel contenu dedans les rend malades. Mais les gens passent outre à la recommandation et jettent à qui mieux mieux pain et bouts de croissant aux cygnes, foulques, colverts et poules d'eau. Quelle quantité de pain faut-il lancer aux palmipèdes pour saler un lac de 1234 millions de mètres cubes ? Ajoutons-y les salières tombées dans l'eau depuis la terrasse de l'Auberge du Père Bise, quand un client envoie sa main au-dessus des assiettes pour montrer à ses compagnons de table le passage du bateau *Libellule* tout illuminé de nuit. Additionné aux salières tombées depuis les terrasses de l'Auberge du Lac à Veyrier, depuis celle de L'Aquarama, de

L'Abri-Côtier, du Palace de Menthon, de L'Impérial Palace d'Annecy, du Poisson Rouge, de Chez Ma Cousine, et j'en passe ! Cela suffit-il ? Après tout, une baleine peut muter, et se plaire dans l'eau demi-salée. Non ? Moi-même, je ne buvais que du whisky, et je ne bois plus aujourd'hui que du vin blanc. N'est-ce pas une preuve incontestable de la capacité du vivant à se transformer selon les circonstances ?

Le vent continuait à se renforcer, levant des vagues comme sur le Léman quand la bise y souffle fort. Les branches des grands arbres se sont mises à grincer. Ce son des écorces torturées rappelait le chant émouvant des baleines. Jessie chantait et sa mélodie traversait la terre et se servait des troncs pour résonner. Jessie jouait des arbres, comme on joue du cor.

Joaquim râlait de voir sa journée fichue. Il faisait frais, presque froid. Personne ne se baignerait aujourd'hui, aucune famille ne viendrait s'installer sur la plage pour bronzer ou pique-niquer.

La plage de Talloires forme un grand espace d'herbe qui descend en pente douce

de la buvette à un ponton de bois flanqué d'un plongeoir. Ce ponton flottant permet aux baigneurs de se hisser pour jouer à plonger encore ou bien de s'allonger et de dormir au soleil, bercés par la houle que provoque l'agitation des nageurs. C'est ici que jeunes filles et jeunes garçons jouent, chahutent en criant, se frôlent à demi nus. À deux cents mètres du bord flottent des bouées jaunes qui délimitent un périmètre de sécurité. Puis le lac s'étale jusqu'à la berge de la rive ouest. D'ici l'on voit la circulation ininterrompue des voitures minuscules sur la route entre Bredannaz et Duingt. Je pense que des passagers de ces voitures auront sûrement vu la baleine. Je ne peux pas être le seul à l'avoir aperçue. Il aurait dû se créer un embouteillage à l'apparition du monstre ; pourtant, aucun véhicule ne s'est arrêté.

Une grosse averse s'est mise à fouetter l'herbe de la plage, franche, levant un parfum de terre fumée, de whisky. Aussi courte que drue. Le soleil est revenu d'un coup, illuminant les arbres tant l'eau dégoulinant de branche en branche en conduisait l'électricité.

J'ai fini mon vin et me suis rapproché de l'eau. L'odeur de mer était réelle. Le lac avait pris une teinte d'un beau vert sombre, nuancé de gris et de replis noirs. J'ai senti le sel cristalliser sur mes lèvres. Elle était là. Ma baleine du lac d'Annecy. Je la sentais. Sage et puissante. Je devinais son ombre, immobile, sous le chapeau noir d'un nuage d'orage. Elle me regardait. Son œil énorme me fixait à travers l'obscure masse d'eau. Jessie ! Que me veux-tu ? Qu'as-tu à me dire ? Viens-tu me chercher ? Est-ce mon dernier jour ? mon premier ? ma mort, ou bien ma renaissance ? Je t'écoute, Jessie, je t'écoute. Et je t'entends. C'est cela que tu veux, Jessie ?

Jessie m'a répondu en chantant au travers des grands arbres :

— Viens me rejoindre, Murray Haig, né au Loch Ness.

J'ai inspiré profondément et j'ai crié :

— Demain, Jessie, je te rejoins, je prends la barque !

J'écris la nuit, sur la table de la cuisine. J'écris à l'encre bleue, m'appliquant comme un écolier, sur mon grand cahier bleu. Tout ce bleu me caresse l'âme, si tant est que j'en aie une. J'ai un esprit. Je le sais. Mon âme serait mon esprit monté en neige par un invisible pâtissier. J'aime noter ce genre de formule. En mangeant des sardines à l'huile, dans leur boîte, sous la lumière crue du plafonnier. Pieds nus sur le carrelage. J'attends de prendre la foudre du poème dans les cheveux. Je ne risque rien. Ma plume fait paratonnerre. Une décharge sensible trop puissante me sortira du corps par les doigts de pied.

Mon cahier bleu à grands carreaux mesure 24 centimètres sur 32. C'est la taille de mon terrain de jeux. Des fois, j'y colle une feuille d'arbre, une plume d'oiseau. Le cahier s'épaissit d'objets hétéroclites. Il y a même des petits bouts de coquille d'œuf collés. De la mousse. J'y note des pensées, du genre : Si c'était mieux avant, pourquoi ils sont tous morts ?, ou bien encore : C'est Napoléon qui a rapporté le saucisson d'Égypte.

Le corps humain est fait de soixante pour cent d'eau, nous sommes tous des lacs enclos.

Je vis seul. Je n'ai jamais été marié. Je n'ai pas eu d'enfants. J'ai de la chance, car n'en ayant pas, je les aime tous comme s'ils étaient les miens. J'habite une petite maison dans le centre du village. J'ai mon atelier de charpentier de marine un peu plus loin, à Angon. Le bois, l'eau, le pain, le vin sont mes points cardinaux. Je ne me perds jamais tant qu'ils sont en vue. J'aime le lac d'Annecy. Je suis fait de son humeur liquide.

J'ai recopié dans mon cahier bleu les croquis que j'ai réalisés de Jessie quand elle m'est apparue à la Buvette de la Plage. Cette nuit, je tente de décrire avec un maximum de précision ce que j'ai vu dans le centre du lac. Je m'essaie à la constatation scientifique. Sans emballement : l'heure et l'endroit, la forme

exacte de l'apparition, les sons émis, les odeurs. Si je suis Darwin, je peux être aussi Buffon. Je précise la couleur de la peau, la taille – approximative – de la nageoire caudale.

J'ai tout un tas de gros bouquins sur les lacs du monde entier, la faune, la flore, l'histoire. Je sais par exemple que la profondeur maximale du lac Baïkal, en Sibérie, est de 1 620 mètres ! Imaginez tous les monstres qui y vivent tapis, sachant que le lac d'Annecy, d'une profondeur moyenne de 41 mètres, abrite déjà sa baleine ! J'aimerais que le monde entier le sache. La presse a beaucoup aidé à la popularité de Nessie, le *Glasgow Daily Record* et le *Daily Sketch* de Londres en publiant la photo du monstre, le *Daily Mail* en en publiant une seconde, l'*Inverness Courier* en relatant le récit de l'apparition fait par le couple Mackay. Il me faut absolument réussir un cliché de Jessie surgissant des eaux et l'envoyer au *Dauphiné libéré*, ses bureaux sont à Annecy. J'y ai une amie journaliste qui pourrait en tirer un papier formidable, un scoop explosif qui changerait la vie paisible du lac. Je vois déjà le gros titre barrant la une : « Une baleine dans le lac d'Annecy ! » J'en rêve. Le songe prend une taille inattendue.

Je garde toujours mon livre près de moi quand je mange. *Le Vieil Homme et la Mer*, posé contre la boîte de sardines, on croirait une barque de pêche ramenant sa prise au port, trop grosse pour être hissée à bord. Les miettes de pain sont sur la table comme une colonie de crevettes remontée en surface. La boîte en fer brille, son fond argent naît de la réverbération du soleil, c'est une plaque de lumière dérivante sur la toile cirée. J'ai posé ma main sur le bouquin, au risque de le faire chavirer. Je l'ai ouvert d'un doigt. C'est un vieux livre si souvent manipulé qu'il ne cherche plus à se refermer. Les livres neufs sont prudes et sitôt ouverts veulent se cacher. « Dans l'obscurité le vieux devinait l'aube. Il entendait en ramant les vibrations des poissons volants qui jaillissaient de l'eau, le sifflement de leurs ailes raides quand ils s'élançaient dans la nuit. » J'ai refermé doucement le bouquin. Ses pages ont fait dans ma cuisine le son des ailes des poissons volants.

Ma cuisine est toute petite, comme le reste des pièces de ma maison. Un garage au niveau de la rue qui me sert d'atelier, une cuisine au premier étage, une chambre et une salle de bains minuscule mais suffisante dans le grenier. J'y suis logé comme dans un coquillage.

Depuis la fenêtre du toit, j'aperçois, sur ma gauche, un petit bout du lac. Sur ma droite, les dents de Lanfon, qui se dressent au-dessus du village. Talloires se blottit entre le rivage et l'à-pic. Depuis la fenêtre de la cuisine, je vois la place et le bistrot. Je fixe la lumière jaune du bar quand dans la nuit ça picole tard. J'évite le comptoir. Je me saoule et je m'emporte. La Buvette de la Plage me convient mieux. Le lac et les montagnes me sont des compagnons de boisson que je n'ai pas envie d'agresser. Trop forts. J'aurais aimé boire des mois durant, accoudé dans un bar surplombant les eaux noires du Loch Ness, à guetter l'apparition de Nessie le monstre. Des semaines et des mois. Des années peut-être, à ne rien faire d'autre que siroter en rêvant de la voir surgir. S'enivrer en attendant la venue d'un monstre lacustre. Et dire qu'il y en a

qui boivent en attendant l'amour. Qui est le plus fou ? J'ai écrit ces mots en bas de page de mon grand cahier bleu : « J'attraperai la baleine du lac d'Annecy et je deviendrai le plus grand pêcheur de tous les temps. »

Longtemps, je ne me suis jamais couché de bonne heure. Je suis monté dans le grenier. La lune était pleine. Le ciel clair. Toute la nuit, merveilleuse nuit, j'ai entendu Jessie chanter.

Pensée de la nuit : La nuit, on dort !
Pensée du jour : Le jour, on rêve !

— Allô, *Le Dauphiné* ?

— Oui, bonjour, monsieur.

— Je voudrais parler au rédacteur en chef, s'il vous plaît.

— De la part de qui ?

— Murray Haig, de Talloires, il me connaît.

— Ne quittez pas, je vais voir s'il est dans son bureau.

— …

— Désolé, monsieur, mais il est en rendez-vous.

— À cette heure-là ?

— Désolé.

— Vous pouvez me passer Ingrid ?

— Ne quittez pas.

— …

— Oui ?

— Allô, Ingrid, c'est Murray, je ne te dérange pas ?

— Non, mais dis-moi vite, je rentre en réunion.

— À cette heure-là ?

— Dis.

— J'ai vu une baleine dans le lac d'Annecy !

— Oui…

— Hier, depuis la Buvette de la Plage de Talloires.

— Je dois y aller.

— Je te jure que c'est vrai ! Une baleine énorme, elle s'appelle Jessie !

— On en reparlera.

— Tu ne me crois pas ?

— Je dois y aller.

— Tu refuses le merveilleux ?

— Excuse-moi, Murray, je dois filer.

— Si je fais une photo, je peux te l'envoyer ?

— Certainement ! Je t'embrasse, Murray.

— Au revoir, Ingrid.

— Porte-toi bien, Murray.

Nous avons raccroché. Je sens bien qu'elle ne me croit pas. Je n'aurais pas dû appeler si tôt. Santiago, le vieux pêcheur de thons, doit m'apprendre la patience.

La météo disait : « Ciel dégagé, intervalles nuageux. » J'ai glissé mon livre dans ma poche, j'ai sauté sur mon vélo. Du pain, du vin, du fromage dans la sacoche. Un avant-goût du paradis. Deux kilomètres séparent Talloires de la plage d'Angon, par la route des Balmettes qui longe le lac. Pédaler tôt le matin au bord de l'eau est un régal pour la tête et les jambes. Des nuages blancs et fins accrochaient le flanc des montagnes, le lac fumait. Quelques barques de pêcheurs stationnaient à trois ou quatre cents mètres du bord. Il reste peu de pêcheurs professionnels en activité. Ils viennent de Duingt ou de Sevrier, sur la rive ouest, vendent aux particuliers, mais réservent leurs plus belles prises aux restaurants. Comment ont-ils pu ne jamais voir Jessie ? Eux qui passent leur vie à draguer l'eau de leurs filets ou à fixer inlassablement leurs lignes.

Je ne les imagine pas pouvoir garder un tel secret. Dans quel but ? Ils ont tout intérêt à ce que l'existence de la baleine soit révélée au grand public, ça ne peut qu'être bénéfique à leur commerce. Ai-je rêvé ? Non ! L'image de Jessie était trop nette. Trop précise. Trop imposante. Trop présente. Que je doute de moi est un réflexe normal. Mais au fond du fond de moi, je ne doute pas ! J'ai entendu Jessie chanter toute la nuit. Elle me parlait. Elle m'appelait ! Ce ne sont pas les quelques verres de vin blanc ingurgités par petites lampées qui m'auront détraqué le cerveau à ce point. Je me suis arrêté dans le grand virage juste après le bar, le Club Savoie. J'ai appuyé mon vélo contre un arbre. J'ai scruté l'eau. Je n'ai senti aucune présence. La baleine devait tourner du côté d'Annecy. C'est là-bas que se trouve le point le plus profond. Si le lac est alimenté par sept ruisseaux et torrents, il l'est aussi par une puissante source qui jaillit à 82 mètres de profondeur, le Boubioz, tout près de la ville. Jessie doit se laisser caresser le ventre par le jet puissant de cette source. L'eau sentait toujours les embruns et la mer. J'ai vu passer un couple de canards tadornes,

canards dits aussi tadornes de Belon, qui vivent sur les côtes marines plates ou au bord des lacs salés. Preuve supplémentaire de la salinité du lac d'Annecy, cette présence de palmipèdes bretons en terre haut-savoyarde ! Aucun vent. Une eau transparente d'un bleu turquoise. Je me suis accroupi. Des écrevisses trottaient entre les pierres. Jessie ne les avait pas encore avalées. Une baleine peut ingurgiter jusqu'à quatre tonnes de plancton par jour qu'elle filtre au travers de ses fanons. Comment trouve-t-elle ces quatre tonnes quotidiennes dans un lac de 15 kilomètres de long ? Il lui faut à la semaine 28 tonnes et au mois 120 tonnes ! Je ne saurais l'expliquer. Je n'en suis qu'au début de mes recherches. Peut-être filtre-t-elle la vase accumulée ces dix-huit mille années durant et creuse-t-elle le fond ?

J'ai repris mon vélo, direction la plage d'Angon, où la mairie m'a octroyé cet atelier de charpentier de marine, un grand hangar en bois avec sa rampe d'accès à l'eau pour sortir ou remettre facilement les barques à flot. Je travaille en ce moment sur *Requin 3*, une six-mètres acajou de 1920, propriété d'un

Américain de Boston. J'ai ma propre barque, *Mrs Dalloway*, une six-mètres en mélèze, pièces maîtresses en chêne et rivets en cuivre, du nom d'une héroïne célèbre de Virginia Woolf. (Virginia Woolf, à la fin de sa vie, entendait des voix.)

Je lui parle :

— Avez-vous bien dormi, *Mrs Dalloway* ? Avez-vous eu des hallucinations nocturnes ? Entendez-vous des voix, *Mrs Dalloway* ? Êtes-vous prête pour une sortie en mer ? Car aujourd'hui nous bravons l'océan, *Mrs Dalloway* !, nous chassons la baleine !

J'ai passé ma main sur le plat bord verni. Le bois de *Mrs Dalloway* a frémi sous ma paume. Je suis amoureux d'elle. Elle est garante de ma liberté. Elle m'offre la possibilité d'aller et venir sur l'eau, tranquillement assis, en ramant à ma vitesse, sans précipitation, ce qui n'est pas rien, quand on y pense. S'asseoir sur l'eau, c'est mieux que marcher dessus, je crois, quand on aime lire à l'abri du monde, en dérivant lentement au milieu d'un lac. J'ai rangé le vin, le pain, le fromage dans un bac en bois, embarqué les rames, puis j'ai mis *Mrs Dalloway* à l'eau. J'aime ce moment où son bois crève la surface, on dirait une jeune et belle femme se coulant sensuellement dans son bain. *Mrs Dalloway* a été construite en 1930 par le menuisier-ébéniste François Beauquis, dans son atelier de Saint-Jorioz, un village sur la rive ouest, presque en face de Talloires. Il fut son père et je suis son amant. Je m'allonge et je m'endors en elle, bercé par les clapots. Mais, aujourd'hui, je ne dormirai pas. Je ramerai aussi longtemps qu'il le faudra, car Jessie ma baleine m'attend.

Cette barque est une merveille d'architecture, quelques coups de rame suffisent à passer les bouées jaunes des deux cents mètres, sa proue taille dans les flots comme le ciseau affûté d'un grand tailleur. La Tournette, qui est la montagne dominante du secteur du lac d'Annecy, 2 351 mètres, montre toute sa masse imposante dès qu'on s'éloigne du bord. Plus on s'écarte, plus la montagne semble se redresser, un peu comme ces livres que l'on ouvre et d'où jaillissent des scènes de papier découpé. *Mrs Dalloway* file silencieusement à travers un tapis peu épais de brume. Il fait doux. Le soleil frappe les sommets

couronnés de neige, laissant les flancs tapissés de forêts dans leur ombre vert sombre. Les forêts ici sont verticales. De hautes murailles de mélèzes accrochés qui tombent raides dans l'eau. Ce soir, en mangeant ma boîte de sardines à l'huile, je recopierai ces réflexions dans mon grand cahier bleu. J'écrirai aussi ceci : « On grandirait à la vitesse des arbres, on aurait moins peur de mourir. »

J'ai lâché les rames, pris mon livre. « Il ne distinguait plus la ligne verte du rivage ; seuls les sommets des collines bleues se détachaient en blanc comme s'ils étaient couverts de neige ; les nuages qui les couronnaient ressemblaient aussi à de hautes montagnes neigeuses. » J'y étais. Par quel miracle le livre d'Hemingway pouvait-il raconter précisément ce que je vivais au présent ? Le petit livre s'ouvrait en éventail et son ombre immense portait sur les montagnes.

Hemingway est un géant. Je le savais. Que sa silhouette dépasse la Tournette et assombrisse tout le lac d'Annecy m'enthousiasmait ! Hemingway, Gulliver, Jessie, Santiago, j'étais chez les géants ! Tout petit dans ma barque, immobile sur les flots. J'ai repris les rames. Jusqu'à atteindre l'endroit où la veille j'avais aperçu Jessie, entre Talloires et Duingt, à quatre cents mètres de la rive environ. J'étais sur le lieu même de son apparition. Il me semble que l'eau en tremblait encore. J'y ai trempé la main. La surface me l'a littéralement avalée, je l'avais plongée dans une bouche tiède, gélatineuse et sans dents. Comment dire ? Le lac léchait ma main comme pourrait le faire un animal familier. J'ai fermé les yeux. Ces nuages que je regardais enfant galoper dans le ciel pareils à des chevaux sauvages, peut-être m'auraient-ils embrassé les doigts si j'avais pu y plonger la main ?

C'est la pluie qui fait tomber le ciel dans l'eau.

C'était le bon moment pour boire mon premier vin blanc. Inutile de courir après Jessie. C'est elle qui viendrait à moi. J'ai débouché ma bouteille. Bu une gorgée. Merveilleuse. Tête en arrière, en regardant le ciel.

— À votre santé, *Mrs Dalloway* !

La barque a tangué légèrement, pour trinquer avec moi.

— À ta santé, Jessie !

La masse du lac a gonflé. J'ai rebu une gorgée. J'ai senti aussitôt le vin caresser ma nuque. Un puissant courant d'eau lever la vase dans les profondeurs. Une forte odeur d'algues en décomposition a envahi tout le bassin annecien. Les rues de la vieille ville. J'imagine que les touristes devaient grimacer, agglutinés dans les rues piétonnes, posés aux terrasses des cafés. Jessie couvrait tout de son odeur de mer. Personne ne pouvait se douter qu'une baleine parfumait la ville jusqu'à la banlieue en battant le fond du lac de sa puissante queue.

Il y a un moment où l'on dépasse le roc de Chère, une avancée rocheuse qui domine le lac de deux cents mètres, où tout se dévoile d'un coup, jusqu'à Annecy. J'y étais. Je voyais tout sur plus de dix kilomètres, depuis Duingt jusqu'à l'île des Cygnes, îlot planté à la sortie de l'embarcadère des bateaux de la Compagnie d'Annecy, à l'entrée de la vieille ville. Je n'avais plus qu'à attendre Jessie, comme Santiago du *Vieil Homme et la Mer* attend son espadon géant. *Mrs Dalloway* s'est positionnée, la proue vers le large, si je puis dire. J'ai l'impression qu'elle se déplace seule, à sa guise, qui correspond toujours à la mienne. Elle devine mes souhaits et mes envies. Quand je lui ai parlé de la baleine, tout de suite, elle m'a cru. *Mrs Dalloway* sent mieux que quiconque la vie qui s'agite au fond de l'eau. Jamais je n'ai possédé une barque aussi intelligente. J'ai de la chance qu'elle accepte ma présence. *Mrs Dalloway* pourrait très bien vivre et naviguer sur le lac sans moi. Je crois qu'elle m'aime. Nous formons un beau couple d'amoureux sur l'eau.

Elle a légèrement pivoté, pointé son nez en direction de la vieille église de Saint-Jorioz. La brume s'est dissipée, n'en restait que quelques lambeaux prisonniers des roselières. Il allait faire grand beau. Le soleil oblique entrait dans l'eau sans éblouir. Toutes les choses se dessinaient avec précision. Les nuages et les pics, les torrents, les maisons, les mâts des voiliers amarrés au port de Sevrier. Il n'y avait pas de vent et rien ne bougeait à la surface du lac. J'ai ressorti mon livre de ma poche de treillis et je l'ai embrassé. Souvent, j'embrasse la couverture d'un livre que j'aime, je l'embrasse comme un ami, ou comme un enfant de papier qui me rassure et me rajeunit. Il y a des gens qui ne cessent de caresser et d'embrasser leur chat. Mes chats sont de la race des écrivains et des poètes. Robert Burns, grand poète écossais, adore les grattouilles. Il fait le dos rond quand je passe la main sur ses pages. Robert Burns mourut en 1796 des suites d'une beuverie. L'Écosse est un grand pays !

J'ai entendu son chant remonter depuis le fond de l'eau. Sombre, émouvant, il m'arrivait de loin. Jessie nageait du côté de la plage des Marquisats. Sa voix basse traversait l'onde par plis successifs, créant des vagues qui se brisaient maintenant contre les rives. J'entendais les mâts des voiliers s'entrechoquer. Les voitures roulaient le long de la rive ouest sans ralentir. Étais-je le seul à entendre le chant de Jessie ? Comment le pilote de la montgolfière qui stationne chaque matin à l'aplomb du lac, à une hauteur approximative de 1 000 mètres, ne voit-il pas sa silhouette sous la surface ? Croit-il à l'ombre d'un nuage porté ? Les hélicoptères de la gendarmerie de montagne n'auront rien vu non plus, ni ceux de la sécurité civile, sans compter les centaines

de parapentistes qui s'élancent quotidiennement depuis Planfait ou les clients du restaurant L'Edelweiss, au col de la Forclaz, dont la terrasse offre à voir le lac dans sa totalité, depuis une altitude de 1 157 mètres. On peut même y admirer le panorama grâce à une longue-vue installée contre la rambarde métallique qui garantit du vide. Et personne n'aurait jamais rien vu ?

Jessie a chanté encore et puis elle s'est tue. J'ai vu la masse d'eau se soulever au niveau de Veyrier-du-Lac. Elle approchait. Soudain, j'ai eu peur ! J'ai pensé à la fragilité de *Mrs Dalloway* face à la force redoutable de cet animal. Et s'il prenait envie à Jessie de nous envoyer par le fond d'un coup terrible de sa queue ? J'ai saisi les rames et me suis mis à ramer, comme un forcené, en direction du port de Duingt pour nous mettre tous deux à l'abri. J'ai atteint la cale à bateaux, sous le château. J'ai échoué *Mrs Dalloway* sur les pierres du fond. Nous ne risquions plus rien. C'est alors que je l'ai vue ! Son dos énorme est apparu, exactement au même endroit que la veille ! Elle a replongé. Pour réapparaître aussitôt et fouetter l'eau de sa queue gigantesque. La baleine a viré lentement et s'est immobilisée, de trois quarts, face à moi. Elle a sorti sa tête et j'ai pu voir son œil, énorme, qui me fixait.

Elle m'observait avec beaucoup de curiosité, de la gentillesse aussi, une grande douceur. J'en aurais pleuré. J'ai mis mes mains en porte-voix.

— Je m'appelle Murray Haig, je suis né au Loch Ness !

Elle s'est rapprochée de moi, autant que le fond le lui permettait, pour s'arrêter à cent cinquante mètres environ du bord.

— Je t'ai surnommée Jessie, comme Nessie, le monstre du Loch Ness, tu es Jessie, notre monstre du lac d'Annecy !

Le qualificatif de « monstre » a semblé ne pas lui plaire. Elle a fouetté l'eau de sa queue, créant une haute vague d'écume qui est venue soulever *Mrs Dalloway*, la projetant violemment à mes pieds par-dessus les rochers. J'ai saisi l'appareil photo juste au moment où Jessie replongeait. On ne voit sur mes clichés que des remous, plus un petit bout de la queue, qu'on pourrait prendre pour une voile de dériveur pris dans la tourmente d'une risée. Je suis piètre photographe. Mais la plupart des clichés de Nessie ne sont pas non plus d'une grande qualité technique, tous sont flous. Au fond, je suis dans la tradition des photographes de monstres. Le flou entretenant le mystère. Une baleine trop précise pourrait faire croire à un montage. L'invisible donne à voir. Je me comprends. La première photo du monstre du Loch Ness date du 12 novembre 1933, prise par Hugh Gray, floue et de mauvaise qualité. On a dit qu'il s'agissait de la photo d'un labrador jouant dans l'eau, un bâton dans la gueule. Que dira-t-on des clichés de Jessie ? Qu'il s'agit d'un canard avec un chapeau melon sur la tête ?

J'ai attendu dans la cale sous le château que Jessie réapparaisse, mais elle ne s'est plus montrée. À voir le lac redevenu parfaitement immobile, il était impossible d'imaginer la présence d'un mammifère pesant vingt tonnes posé au fond.

J'ai remis *Mrs Dalloway* à l'eau. On est repartis. J'ai ramé jusqu'au centre du lac et j'ai senti que Jessie se tenait sous moi. J'ai rangé les rames. La barque s'est mise à tourner doucement sur elle-même, comme prise dans

un tourbillon. La baleine virait au fond et nous entraînait dans sa rotation lente. Impossible de rien voir, à cause des tonnes de vase déplacées. La proue pointait les Bauges, puis le Semnoz, Annecy, les dents du Cruet, les dents de Lanfon, la Tournette, et de nouveau le massif des Bauges, le Semnoz, Annecy. À quoi jouait Jessie ? Les petits chiens s'amusent parfois à courir après leur queue, je n'imaginais pas la baleine pratiquer le même jeu. Cherchait-elle à creuser le fond vaseux pour s'y faire une cachette ? Si c'était le cas, ce serait la réponse à la question de son invisibilité. Jessie s'enfonçait dans l'épaisse couche de terre et de végétaux en décomposition accumulée depuis la fonte des glaciers et ne refaisait surface pour respirer que la nuit. Sauf hier et aujourd'hui, où elle s'était montrée en plein jour, je ne sais pourquoi.

Mrs Dalloway a tourné sur elle-même jusqu'à la nuit, alors, le tourbillon a cessé. Jessie avait fini de creuser son nid profond sous la vase. La barque s'est immobilisée. La lune est apparue. Il faisait doux. Il me restait du vin, du pain et du fromage. J'ai mangé, bu, soupiré d'aise, suspendu entre les grappes d'étoiles et le corps assoupi de Jessie. Un peu de musique m'arrivait de la Buvette de la Plage de Talloires. Joaquim attaquait l'heure des rhums anciens et des mojitos. Des jeunes gens dansaient au bord de l'eau. J'entendais clairement leurs éclats de rire, mêlés à la voix sourde de Jessie. La baleine envasée chantait par cinquante mètres de profondeur et son chant nocturne imprégnait le lac et les montagnes d'une immense mélancolie. Deux jeunes corps se sont jetés à l'eau. S'ils avaient su qui reposait près d'eux ! Ils ont nagé, passé la bouée des deux cents mètres, puis ont fait demi-tour.

Leur bonheur d'être en vie teintait l'eau d'un nuage luminescent que seuls voient les étoiles et les monstres.

L'herbe coupée sent l'herbe coupée à ne pas croire.

J'ai fini le vin. Jeté le reste du pain pour les poissons. *Mrs Dalloway* s'est mise en route. Elle a glissé silencieusement sur l'eau pour ne rien contrarier du rêve.

J'ai repris mon vélo. Mangé mes sardines sur la table de la cuisine en écrivant à l'encre bleue, dans mon cahier bleu. J'ai dessiné Jessie telle qu'elle m'était apparue. J'ai réalisé un croquis savant du tourbillon généré par sa masse en mouvement. J'ai décrit ma journée. L'œil de Jessie quand elle m'a regardé. « J'ai vu dans le regard curieux de la baleine l'espièglerie d'une vieille dame qui serait toujours une petite fille. » Jessie serait l'enfance du lac, quand les montagnes environnantes en sont l'adolescence.

Demain, j'envoie mes photos de la baleine au *Dauphiné libéré* !

— Allô, Ingrid ? c'est Murray !
— Comment tu vas ?
— Tu as reçu mes photos ?
— Oui, c'est quoi ?
— C'est la baleine ! On aperçoit juste un bout de la queue avant qu'elle ne plonge, mais tu as vu les remous énormes qu'elle fait ?
— …
— Allô ?
— Oui.
— Tu sais, Ingrid, les photos du monstre du Loch Ness ne sont pas meilleures, techniquement, pourtant…
— Pourtant quoi ?
— Il y a un monstre dans le Loch Ness.
— Je ne sais pas.
— Et une baleine dans le lac d'Annecy !
— Oui ?

— Tu vas les publier ? C'est énorme comme scoop !

— On va garder ça pour le numéro du 1er avril.

— Tu ne me crois pas ?

— …

— Je te jure que je l'ai vue deux fois, une fois depuis la plage, une fois en barque, elle s'est approchée de moi, elle m'a regardé ! Je te jure ! C'est miraculeux !

— Comment veux-tu que je te croie ?

— Je te le dis !

— Alors va au bout du miracle, Murray, pêche-la !

— La baleine ?

— Pêche-la, et expose-la sur la plage de Talloires, je te jure, Murray, on fera un grand papier et même la une !

— Comment veux-tu que je pêche une baleine ?

— Tu as été pêcheur, alors pêche ! Je dois y aller, je t'embrasse.

— Comme Santiago dans *Le Vieil Homme et la Mer* ?

— Comme lui, Murray, ramène la baleine et on te croira !

— Chiche !

— Je t'embrasse.

Elle a ri, et puis elle a raccroché. J'aime beaucoup Ingrid. Même si elle bride ses capacités de grand reporter. Cette baleine serait une aubaine pour n'importe quel journaliste ! Le correspondant Campbell n'est-il pas devenu célèbre en écrivant le récit des Spicer sur le monstre du Loch Ness, comparé pour la première fois à un plésiosaure ? Je sais qu'Ingrid finira par écrire ce grand papier, et que son article illustré de mes croquis et de mes photos floues attirera sur les berges du lac d'Annecy toutes les télés du monde entier !

Pêcher la baleine et mettre tous les sceptiques devant le fait accompli ? C'est évidemment une bonne idée ! Mais comment pêche-t-on une baleine dans le lac d'Annecy ? Au filet ? Impossible. Au harpon ? Certainement pas ! À la ligne ?

Longtemps, j'ai rêvé de bonne heure. Mais cette nuit, je n'arrivais pas à trouver le sommeil. La pluie tambourinait sur le toit du grenier. Je relisais *Le Vieil Homme et la Mer* pour y trouver des conseils qui m'auraient encore échappé concernant la pêche au très gros. J'aurais peut-être mieux fait de lire *Moby Dick* d'Herman Melville, et les aventures du féroce capitaine Achab qui poursuit jusqu'à la mort la grande baleine blanche, mais je préférais à cette pêche sauvage et violente le courage et la patience du vieux Santiago. « Le poids devint encore plus lourd et le vieux donna du fil. Pendant un instant il serra la ligne plus fort encore entre le pouce et l'index : le poids s'alourdit d'autant. Cela s'enfonçait à la verticale. » Comment serrer un fil qui retient une baleine entre le pouce et l'index ? Hemingway raconte comment la ligne file et que le vieux ne peut rien faire pour la retenir. Comment retenir une ligne avalée par un animal de vingt tonnes ?

La pluie redoublait et chantait sur les tuiles. Je saisissais la voix de chaque goutte séparément, comme un chef d'orchestre isole et étudie chaque note de chaque instrument devant lui. Le balancement lent de *Mrs Dalloway* s'était inscrit dans ma chair et le matelas tanguait doucement. La pluie sur le toit et la houle battant contre le flanc du matelas, très vite, je me suis mis à voguer. Dans mon grenier encore, je recherchais Jessie. Si parfois je me sentais seul, c'en était fini de cet amer sentiment. Je ne peux pas dire que j'attendais la venue de cette baleine, mais son apparition a comblé un vide aussi naturellement que s'il s'agissait du retour d'un être aimé. Il faudrait étudier la vie sentimentale de tous ceux qui prétendent avoir vu Nessie pour comprendre comment un monstre peut réparer bien des tourments. L'apparition de Jessie est une bénédiction. Je dois la pêcher. Je dois la montrer au monde. Quitte ensuite à la remettre à l'eau. « *No kill* », selon la terminologie qui désigne cette pêche, « *catch and release* », attraper et relâcher. Dans les années 1930, des volontaires ont essayé d'attraper Nessie avec des fils de pêche fixés à des tonneaux, avec des hameçons et des morceaux de poisson comme appâts. Aujourd'hui, on utilise des submersibles, des radars, des sonars. Plusieurs échos ont signalé la présence de « grandes masses non identifiées en mouvement ». Mais jamais personne n'a eu Nessie au bout de sa ligne. Il faut que je ferre Jessie. À moi de calculer la bonne résistance du fil et la taille adéquate de mon hameçon. Quels appâts fixer au triple crochet ? Des perches accrochées par la tête ? un bouquet d'écrevisses ? du maquereau que j'aurais acheté à la poissonnerie d'Annecy ? du thon ? de la féra ? un leurre souple ? un leurre dur ? à la mouche ? Attraper une baleine à la mouche me paraît compliqué, bien que la mouche commune soit plus proche du plancton que n'importe quel autre appât vivant ou mort. J'ai déjà dit que les baleines peuvent ingurgiter jusqu'à deux tonnes de nourriture par jour. Plus une mouche ? La mouche sur le gâteau ? Cela ne devrait pas faire peur à Jessie. Je vois déjà les gros titres barrant la une des journaux : « Il sort une baleine du lac d'Annecy avec une simple mouche ! » Un rêve. Devenir Santiago Murray Haig.

Le héros d'Hemingway sur l'eau claire d'un lac.

« Poisson, dit-il doucement à voix haute, poisson, je resterai avec toi jusqu'à ce que je sois mort. »

Je me suis endormi à l'aube, sous l'œil énorme de Jessie grand ouvert au plafond.

Il me fallait pêcher des appâts. La plage de Talloires est le bon endroit. À midi, j'avais sorti une bonne trentaine de perches et deux brochetons. Je suis remonté boire un verre à la buvette.

— Bonne pêche ? m'a demandé Joaquim.

— C'est des appâts pour la baleine.

Il a ri. Personne ne me croit. Je m'y suis rapidement fait. Joaquim déchantera quand je hisserai Jessie sur la plage.

— Hier, elle s'est montrée juste devant le château, tu n'as rien vu ?

— Je travaille, Murray.

— Servir des mojitos n'empêche pas de voir une bête de vingt tonnes jaillir hors de l'eau !

— Il faudrait que j'en boive plus pour la voir ! a-t-il lancé avant de me tourner le dos et de filer dans la petite cuisine.

Mes poissons nageaient dans le seau. Le temps virait à l'orage, ce qui était plutôt bon pour ce que j'avais à faire. L'air était lourd. Le roc des Bœufs accrochait les nuages. Ce massif des Bauges a la forme d'un dinosaure assoupi dont la tête au bout d'un long cou finirait dans l'eau au niveau de Duingt. La pluie tombait drue sur Entrevernes, un village posé sur son flanc. Le lac avait pris une couleur huître. Aucun vent n'en froissait la surface parfaitement lisse. Les grands arbres immobiles restaient silencieux. Les oiseaux semblaient avoir déserté la rive. Où était Jessie ? Dans le grand lac, du côté d'Annecy, ou bien dans le petit lac, à l'opposé, du côté de Doussard ? Vivait-elle seule ? Partageait-elle le lac avec un compagnon ? Je ne crois pas possible la cohabitation de deux baleines dans le lac d'Annecy, un seul individu peut déjà et vite s'y sentir à l'étroit, comme je n'ai jamais entendu parler d'un couple de monstres vivant dans le Loch Ness, mâle et femelle. On a toujours rendu compte de la présence possible d'un seul et même individu. Pour moi, Nessie est une femelle. Comme Jessie. Je l'ai tout de suite vu à la douceur et à

la bienveillance de son regard. Il n'y a en elle aucune agressivité. Jessie est une dame de vingt tonnes. Gracieuse. Je rêve d'un combat face à face avec *Mrs Dalloway*, vieille dame élégante et solide de presque quatre-vingt-dix ans, au corps de mélèze éternellement jeune. Je vais faire s'affronter deux êtres qui me font battre le cœur, *Mrs Dalloway* et Mrs Jessie. Ça n'est pas bien raisonnable ! Mais ce n'est pas moi qui suis venu la chercher. Depuis dix ans que je vis à Talloires, dix ans que je bois à la Buvette de la Plage, je ne l'avais jamais vue. Avec beaucoup de chance, j'en suis à la moitié de ma vie. L'âge de voir des baleines ? Pourquoi le beau Joaquim, moitié moins âgé que moi, ne voit-il rien ? Et pourquoi ces jeunes gens qui riaient et jouaient hier sur la plage n'ont-ils rien vu non plus, alors que je fuyais le monstre énorme et terriblement bruyant pour me réfugier sur la rive ouest avec *Mrs Dalloway* ? D'où vient Jessie, pour surgir aujourd'hui, après des années de silence ?

Joaquim m'a resservi du vin et je sais ce qu'il pense, j'invente cette histoire pour rester à la Buvette de la Plage toute la journée, à scruter l'eau. Comme si j'avais besoin d'une excuse pour passer des heures le coude sur le comptoir ! Cela dit, la situation m'enchante. Ne rien faire qu'attendre l'apparition de la baleine en buvant des verres me convient parfaitement et remplit mon rêve à ras bord. Des goélands tournoyaient à l'aplomb du nid vaseux de Jessie. En s'enfouissant pour dormir, la baleine devait soulever des tonnes de nourriture. Ceux qui pratiquent la plongée sont nombreux, et tous disent que passé deux mètres de profondeur, l'eau est trouble et que l'on n'y voit rien. Jessie aura aussi trompé les adhérents de tous les clubs sportifs disséminés autour du lac. Si une baleine réussit à se cacher dans un lac de cette dimension, quels monstres peuvent bien se cacher dans les abysses de tous les océans du globe ? Il faudrait installer des buvettes devant chaque abysse et s'y accouder pour attendre patiemment l'apparition des monstres supposés.

Il s'est mis à tomber quelques gouttes. La belle saison avait du mal à démarrer. La terre s'est ouverte, s'est oxydée, a saturé l'air de ce parfum de whisky tourbé que j'aime tant. Des vibrations ont commencé à agiter la surface du seau où nageaient mes appâts vivants, je les ai senties dans les chevilles avant qu'elles ne me remontent dans le creux des mollets. Toute la berge est du lac tremblait imperceptiblement. Les perches, paniquées, se sont mises à bondir hors du seau et à tressauter sur leur flanc argent contre le bois. Elles sautillaient, comme précipitées vivantes dans une poêle à frire. La bouche grande ouverte et les ouïes béantes.

Joaquim est venu se mêler au jeu. Les poissons glissaient entre ses doigts et cognaient leur tête contre sa poitrine nue. Mouillaient sa peau et y abandonnaient quelques écailles nacrées. Sa beauté en était augmentée. Les poissons argent lui seyaient comme des bijoux. Une fois remises dans l'eau, les perches cherchaient à s'enfuir encore, rendues folles par le son sourd qui sortait du sol, amplifié par le cylindre du seau comme par un porte-voix. Des goélands par dizaines se laissaient tomber en piqué jusqu'à frôler la surface du lac, puis remontaient brusquement d'un coup d'aile. Des canards affolés quittaient les roselières. Jessie passait du grand lac au petit lac en longeant par le fond la falaise du roc de Chère qui plonge abruptement à soixante-dix mètres. Si lentement que rien en surface ne trahissait sa présence. Seule sa voix sourde me disait : « Je suis là. » Les verres entrechoqués tintaient. Joaquim avait repris sa place derrière le comptoir. Des écailles brillaient sur son torse. Sur sa joue. Il a posé la main à plat sur le comptoir.

— Ça tremble, a-t-il dit.

Il l'avait sentie !

— C'est Jessie, la baleine, sa voix basse fait vibrer tout le bassin du lac.

— C'est l'orage, a-t-il ajouté.

— C'est Jessie, ai-je répété, tu veux venir à la pêche avec moi ?

— Je ne peux pas quitter la buvette, tu le sais bien, Murray.

— Même pour une baleine ?

— Surtout pour une baleine ! a-t-il lancé en riant.

J'aurais aimé embarquer Joaquim avec moi sur *Mrs Dalloway*, comme Santiago aurait voulu embarquer le jeune garçon avec qui il aimait tant aller en mer, pour qu'il assistât à son terrible combat contre l'espadon géant.

J'ai continué à scruter l'eau en espérant qu'elle se montre, mais Jessie n'est pas apparue. Le vieux Santiago faisait vœu d'aller en pèlerinage à la Vierge de Cobre s'il attrapait ce poisson-là. Alors j'ai fait vœu d'offrir à la chapelle Saint-Germain un cierge par jour pendant dix ans !

Le ciel s'est déchiré et le soleil est apparu. Très vite, il a fait chaud. Des gens ont commencé à arriver, à étaler les serviettes sur l'herbe de la plage. Une jeune fille est allée se mettre à l'eau. Une vague née dans les profondeurs est venue éclater contre la rive, tirant à la jeune fille un cri de joie.

— On se croirait à la mer ! a-t-elle lancé en direction de son petit groupe.

— Attention aux requins ! a répondu le jeune homme qui devait être son copain avant de la rejoindre, sautant dans l'eau à pieds joints depuis le plongeoir.

Jamais une baleine n'a avalé un homme, je crois, sauf dans les livres. Je veux être le premier. Ça n'est pas mourir que d'être ingurgité. C'est se transformer. Devenir baleine moi-même ! C'est très inattendu. Jessie Murray Haig sera son nouveau nom. Le goût de mes chairs devrait lui plaire, moi qui ne me nourris que de sardines en boîte. Mon sang devrait avoir un agréable relent de gras de poisson ! Et Joaquim ? Quel goût avaient ses chairs ? Sa peau lisse et bronzée cachait-elle une saveur prononcée d'anguille fumée ? de saumon de fontaine ?

Le ciel était en train de se dégager et redonnait au lac sa couleur turquoise. Sa transparence de verre. La montagne accumulait une eau miraculeuse destinée au baptême des bébés. Je n'aurais pas été surpris de voir la jeune baigneuse sortir de l'eau, redevenue une petite fille ravie, légère et sans soucis.

Dix-huit mille ans d'existence, et l'eau du lac n'a pas pris une ride, sinon passagère, sous les caresses du vent, aussi vite retendue, les petits matins calmes. Il faudrait que le temps ne fasse sur la peau de nos visages que de fugaces ronds dans l'eau.

J'ai la gueule taillée à l'Opinel, à force de m'exposer au soleil et au whisky d'Écosse. C'est mon histoire que j'expose, comme au musée des Cuites. Alors, quand je parle baleines, bien sûr, personne ne me prend au sérieux. Je pue le tonneau ! Il faudrait que j'en parle à un gosse. Seuls les enfants me croient. Un jour que je voyageais en train entre Bâle et Genève, j'ai eu le plaisir de discuter avec un bébé assis sur les genoux de sa maman endormie sur le siège face à moi. Je l'observais. Il me fixait sans ciller. Il m'a souri, ce qui m'a permis d'engager la conversation. Je lui ai parlé du *Petit Prince*, de Saint-Exupéry, en me vantant de bien le connaître et de passer tous mes week-ends sur sa planète, à regarder une fleur. Le bébé acquiesçait. Il me dévisageait de ses grands yeux clairs écarquillés. Gris-bleu. Purs comme l'eau de fonte d'un glacier. Pas une fois il n'a mis ma parole en doute ! À quoi cela aurait-il servi ? Les bébés ne sont pas fous. Ils savent très bien ce qui vaut d'être cru. Jusqu'au jour où ils ne croient plus au beau temps, simplement parce qu'on a abandonné la poussette sous la pluie.

La pluie fait trembler les paupières des bébés.

J'ai passé une bonne partie de l'après-midi à ne rien faire qu'à scruter l'eau, à boire du

vin en mangeant des frites. Mes petits poissons se languissaient dans leur seau. Le soir, j'ai noté dans mon cahier bleu la liste du matériel nécessaire à ma pêche à la baleine. Une solide canne à brochet, des vifs, des asticots, des vers, j'ai tout ce qu'il faut dans l'atelier. Du pain, du vin, du fromage, la trilogie gourmande. Un chapeau pour me protéger du soleil, on annonçait du très beau temps. Mon livre toujours dans ma poche. Un couteau. Mon appareil photo pour réaliser le cliché du siècle.

Du courage, j'en avais. Hemingway me poussait dans le dos, m'encourageait par la bouche de Santiago à partir sereinement au combat : « Les bébés te parlent et te comprennent, Murray Haig, tu devrais vaincre ce monstre de vingt tonnes qui nage dans les profondeurs du lac d'Annecy, tu as l'enfance de la terre en toi, contre Jessie, qui est l'enfance de l'eau. » Si je ne peux embarquer un enfant, je partirai en chasse avec Oliver, mon nounours. Je garde cette peluche depuis l'âge de cinq ans. Oliver vit dans le grenier, assis sur une chaise, près de mon lit. Je lui parle souvent. Je lui lis ce que j'écris quotidiennement dans mon cahier bleu. Oliver sera mon second sur *Mrs Dalloway*. Rien ne l'effraie. Même pas les souris qui lui ont boulotté une jambe. Oliver ressemble à un vieux corsaire unijambiste. Il sera parfait. J'ai dessiné Oliver assis sur le dos de Jessie. À le voir chevaucher fièrement la bête, il ne fait aucun doute que son aide me sera précieuse. Je joue de tout pour tuer le temps. Partir à la chasse à la baleine secondé de mon nounours ne me couvre pas de ridicule. Je suis à fond. Pourquoi s'arrêter à mi-chemin de la lune ? Oliver et *Mrs Dalloway* se connaissent et s'apprécient. Ai-je un autre choix que celui de la déraison ? J'empruntais dans le whisky un chemin vicinal et encaissé qui me manque. Je retrouverai la folie douce dans l'eau du lac.

Je l'ai pris dans mes bras.

— Oliver ! Demain, dès l'aube, nous partirons !

Et j'ai trinqué encore à l'équipage.

— Oliver ! Serre-toi contre mon cœur, mon ami !

Pauvre vieux benêt de quarante ans qui se rassure en embrassant son nounours ! Réconforté par sa peluche dans les bras, car il a peur du noir et du dehors ! Peur de vieillir, peur de mourir ! L'imbécile ! Va te faire bouffer tout cru par la baleine, Murray Haig, triste pique-assiette du *Vieil Homme et la Mer*, tragédien plein de farine, et qu'on n'en parle plus !

J'ai chargé tout mon matériel dans la carriole que je tire derrière mon vélo, une sorte de caisse en bois montée sur deux roues, puis installé Oliver sur le porte-bagages. J'ai enfourché Eliott, c'est le nom que je donne à ma bicyclette, filé à toute petite vitesse en direction de l'atelier d'Angon. Il faisait encore nuit. L'air embaumait l'herbe fauchée côté montagne et l'algue échouée côté lac. J'ai cru voir le dos luisant de Jessie au milieu de l'eau noire. Parfaitement immobile. Peut-être qu'elle dormait en surface, s'emplissait d'air pour être ensuite capable de s'immerger tout le temps d'une journée. Si c'était vrai, pourquoi personne ne l'avait jamais vue ? Il y a beaucoup de voitures qui empruntent la route du lac en fin de nuit, des fêtards qui rentrent de boîte. C'est bien l'heure et l'état propices à apercevoir une baleine en train de dormir au centre de l'eau. Personne n'a jamais parlé de ça. Des dizaines et des dizaines de témoins affirment qu'ils ont aperçu plus ou moins précisément Nessie crevant la surface du Loch Ness, et personne n'a jamais vu Jessie à la surface du lac d'Annecy ? J'aime les bars et je n'ai jamais entendu parler d'une baleine dans aucun café d'Annecy, ni au P'tiou Bar, ni au Savoie Bar, ni à la Buvette du Marché où se retrouvent quelques bons leveurs de coude électriques et bavards. Jessie a toujours réussi à se cacher. Quand on sait la fréquentation du lac en pleine saison touristique, c'est un exploit ! On parle de deux millions et demi de visiteurs par an. Combien d'entre eux se laissent tenter par une croisière en bateau ? Combien ont navigué sur Jessie, sagement posée sur le fond ? Combien ont cru reconnaître dans les remous qui les suivaient l'action des puissants moteurs du *Cygne* ou du *Libellule* alors que Jessie se laissait aspirer et jouait dans le sillage du bateau ?

Je me suis arrêté sur le côté de la route. Jessie nous faisait face, à Oliver, Eliott et moi.

Trois témoins, dont deux muets. Qu'importe. Je parlerai pour eux ! Le monde entier saura qu'il existe une baleine dans le lac d'Annecy ! Il manque un yéti aux grandes vallées sauvages des Alpes, créature terrifiante, elle aussi toujours lointaine et floue. La nature y est prodigue et saurait pourtant profiter à cette silhouette humanoïde puissante et poilue. Rien ! Pas trace de Bigfoot sur la neige immaculée des alpages. Ni de kraken, la pieuvre géante capable d'attirer par le fond les plus gros navires, dans le tranquille et verdoyant lac du Bourget. Il appartient donc à Annecy et à son monstre lacustre de sauver l'honneur devant les grands explorateurs-rêveurs assoiffés de grands mystères.

J'ai donné un petit coup de sonnette et Jessie a plongé. Sa masse a disparu dans l'eau sombre. La vague soulevée a frappé la rive et nous avons tous trois été trempés d'embruns. En cette aube de pêche à la baleine, Jessie nous adoubait « grands marins » ! Nous en avions, je crois, la dégaine. Alors que nous n'avions pas encore embarqué sur *Mrs Dalloway*, ni mis aucune ligne à l'eau, Oliver embaumait déjà le poisson.

Nous sommes repartis. L'herbe du bas-côté scintillait de sel. Les gravillons sautaient sous les roues du vélo comme de minuscules crevettes que la vague aurait propulsées hors de l'eau. Le soleil pointait à peine par-dessus les sommets des Dents. Mes poumons s'ouvraient aux odeurs de peinture et de goudron sorties de l'atelier proche. *Mrs Dalloway* était endormie. Je la réveillai d'une caresse sur la dame de nage.

— C'est l'heure, *Mrs Dalloway*, aujourd'hui est un grand jour de pêche.

J'ai senti son bois se tendre, se gonfler, comme une belle s'étire au réveil et inspire profondément la première goulée de l'air du matin pour revenir parmi les siens. J'ai assis Oliver à la proue. Calé la caisse en bois où je range le casse-croûte à la poupe de *Mrs Dalloway*. Allongé sur le fond la solide canne à brochet et le petit matériel. Les appâts vivants dans leur seau. Les asticots et les vers. J'ai doucement mis la barque à l'eau. La fraîcheur a saisi son ventre nu. *Mrs Dalloway* a fendu la surface sombre sans bruit. J'ai placé les rames. L'élan a suffi pour nous éloigner du bord. Oliver, avec sa jambe unique, allait bien dans l'image et collait parfaitement à l'aventure. On aurait dit qu'un requin avait sectionné net sa jambe au niveau du genou, au cours d'une de ces terribles campagnes de pêche que les livres racontent. C'était un beau matelot blanc rayé de bleu, rempli de paille. Un gaillard à l'ancienne. Un fier nounours des mers. La brume se condensait sur ma peau en minuscules gouttelettes. S'écoulait le long de mes joues pour rejoindre la rigole de mes lèvres et finir sur ma langue. Quoi de meilleur qu'un trait de brume laiteuse en guise de petit déjeuner ? Le jour naissant accrochait ce grain fin. Je suis resté debout dans la barque et ne me suis assis qu'une fois passé la bouée des deux cents mètres. J'y voyais suffisamment loin pour constater que Jessie avait quitté le petit lac, redevenu lisse comme un miroir, brisé çà et là par les sauts de petits poissons blancs qui fuyaient les carnassiers. Ça chassait. Le lac abrite des brochets phénomènes. J'en ai moi-même sorti un en 2011 qui mesurait 1,40 mètre. J'ai été en photo dans le journal ! Ce fut mon premier contact avec Ingrid, du *Dauphiné libéré*, qui, depuis, est devenue une amie. Ma prise record l'avait épatée. Que dira-t-elle lorsque je lui enverrai les clichés d'une baleine de vingt tonnes prisonnière de mon hameçon triple ? Le sujet ne sera ni lointain ni flou. D'une qualité si parfaite, d'un piqué si net, qu'il sera impossible au rédacteur en chef de ne pas en faire la couverture.

Restait à ferrer Jessie. *Mrs Dalloway* avait mangé tout son élan. J'ai commencé à ramer doucement, sans frapper l'eau de la pelle, jusqu'à atteindre cette partie du lac où Jessie était apparue par deux fois, entre Talloires et Duingt. On a stoppé. *Mrs Dalloway* s'est positionnée comme elle le faisait toujours, proue face au grand lac, de son propre chef. Le caractère de *Mrs Dalloway* m'oblige à lui laisser une grande liberté de mouvement. Si l'ennui la prend à flotter sans rien faire, elle se met à glisser sur l'eau et va où bon lui semble. Je n'ai plus mon mot à dire, plus un geste à faire, et j'en suis le premier ravi. Je suis pleinement heureux partout où ma belle barque me mène.

— Nous allons rester ici, *Mrs Dalloway*, et attendre la venue de la baleine, qu'en pensez-vous ?

Dans un clapot à tribord, elle m'a répondu : « Oui. » Je me suis positionné bien au centre du banc, pieds parfaitement à plat, pour sentir chaque frisson de l'eau à travers mes jambes. J'ai caressé mon livre à travers la poche de mon pantalon de treillis. Rien ne bougeait. La barque de Santiago flottait sur les pages lisses du roman d'Hemingway. *Mrs Dalloway* flottait sur la page lisse du roman du lac. Le vieil homme parlait à haute voix et je l'entendais distinctement à force de l'avoir lu. Un soliloque lointain qui remontait du fond de l'eau. Les livres qu'on aime débordent leur espace. Don Quichotte serait bien incapable de rester conscrit entre les pages de Cervantès. Il va partout. Les livres posés çà et là ne seraient que des relais pour rentrer le soir, faire boire le cheval et se reposer des aventures de la journée. J'ai bien vu que c'est dans *Le Vieil Homme et la Mer* que Santiago dort. Il y possède sa cabane, une seule pièce faite d'un assemblage d'écorces de palmiers géants sur un sol en terre battue. Une table. Une chaise. Un réchaud à charbon de bois. Un vieux sommier couvert de journaux. Le jour, il est en mer. Dans le livre et hors du livre, il pêche inlassablement son espadon géant dans le rêve des gens. Ce matin, Santiago vogue dans le grand lac, entre Menthon, sur la rive est, et Sevrier, sur la rive ouest. Dès qu'il a su pour la baleine du lac d'Annecy, il a embarqué ses rames, sa voile et ses appâts, les lignes embobinées, le harpon et la gaffe. Comment l'a-t-il su ? Le livre d'Hemingway passe ses journées dans ma poche, il lui suffit d'écouter. Santiago est seul sur sa barque alors que j'ai avec moi Oliver, mon second. Nous avons forcément plus de chances que le vieux de sortir Jessie des eaux. Que le meilleur gagne, Santiago !

Mrs Dalloway a glissé d'une centaine de mètres le long du roc de Chère. Dépassé la petite grotte où j'aime à me réfugier. Tout le grand lac s'ouvrait maintenant à nous, de Duingt à Annecy. J'ai fixé trois belles perches à l'hameçon triple et j'ai ouvert la journée avec mon premier lancer. Je laissai filer la ligne à trente mètres de profondeur. Serrai solidement la canne entre mes doigts. Ne me restait qu'à attendre et prier pour que Jessie se manifeste. J'avais confiance. La baleine viendrait me tourner autour. Je peux dire que,

depuis sa première apparition, c'est elle qui me cherchait, c'est elle qui m'appâtait de ses sorties à l'air libre, c'est elle qui m'avait attiré sur l'eau, c'est elle qui me pêchait.

Une cloche a sonné, le son a glissé sur la surface jusqu'à traverser le corps verni de *Mrs Dalloway*. C'était un signal, celui d'un début de campagne. Le soleil a passé les sommets. Doré les alpages. Ses rayons ont coloré le lac d'un bleu transparent et tendre aussi efficacement que des milliers de pinceaux qu'on aurait rincés en les agitant dans l'eau. « Le soleil est grand peintre », aurait dit Vincent Van Gogh, s'il s'était trouvé avec moi à pêcher la baleine monstre sur le lac d'Annecy. Partout où l'on va, il faut s'accompagner de fantômes. Les âmes errantes sont plus nombreuses et prodigues de conseils que les esprits vivants, trop occupés à respirer. Le grand Vincent m'avait donné soif. Pas moins qu'Ernest, je dois dire. J'appelle Hemingway par son prénom. Depuis le temps qu'on se connaît !

J'ai bu ma première gorgée de vin blanc et je l'ai entendue. Jessie chantait. J'ai remonté ma ligne et je l'ai relancée aussi sec, dans la direction de sa voix. La lumière en surface l'aura attirée et fait remonter. J'épiais un mouvement. Un lourd déplacement d'eau. Rien ne trahissait sa présence si ce n'était la mélodie qui sortait de ses fanons. Je bloquai la canne contre ma hanche. Prêt à lutter. Le fil a piqué dans l'eau et puis s'est détendu. Un brocheton devait suçoter les petites perches accrochées en guirlande. Je tirai d'un coup sec pour le dissuader.

— Ce repas n'est pas pour toi, goulu ! C'est un amuse-gueule pour mon amie Jessie !

La ligne a retrouvé sa mollesse. Le nom de Jessie avait sans doute impressionné le béquet et l'avait fait s'enfuir. Je remoulinai le fil et relançai d'un bon coup de poignet. Le moulinet a craché ses cent mètres de nylon, parfaitement visibles sur toute leur longueur grâce aux irisations dues au soleil. Comment pouvais-je espérer sortir une baleine des eaux profondes du lac à l'aide d'un cheveu gris si fin ? L'*Abeille Flandre*, ce remorqueur de haute mer spécialisé dans le sauvetage des navires en détresse, peut remorquer des porte-containers de plusieurs milliers de tonnes pris dans la tempête avec un câble pas plus gros que mon pouce ! Un câble pour un porte-containers. Un fil pour une baleine. Les proportions sont bonnes. Je dois pêcher la baleine du lac d'Annecy comme l'*Abeille Flandre* sauve des tempêtes les navires perdus au large d'Ouessant ! Son commandant, que je salue respectueusement depuis le petit pont de *Mrs Dalloway*, en cette aube de calme plat, me comprendra. Je me suis rassis. *Mrs Dalloway* a tangué, sa façon à elle de parler à l'eau de surface. Je n'écoute pas ce qu'elle lui dit. Ce qu'une barque peut confier à l'onde, ça ne regarde qu'elles deux. J'ai bu une seconde gorgée de ce blanc qui me met le cœur en fête. Une petite fête de village bat dans ma poitrine quand coule le premier vin. J'ai un cœur de facteur. J'aurais aimé distribuer le courrier juste pour parler aux gens et picoler avec eux. J'ai levé ma bouteille. J'ai trinqué.

— À ta santé, Jessie ! Tu es venue me chercher pour je ne sais quelle raison, me voilà ! Je te défie en combat singulier, merveilleuse baleine du lac d'Annecy ! Viens accrocher cette ligne que je te tends et bats-toi ! David contre Goliath, ça n'est rien, comparé à Murray contre Jessie !

Ma voix portait loin, rien n'arrêtait les mots. Jessie m'a répondu d'un sourd grognement. J'ai retiré mon fil, vérifié l'état des appâts et relancé. Combien de fois me faudrait-il refaire ce geste avant de l'accrocher ? Cent fois ? mille fois ? J'avais la vie devant moi. Rien ne valait plus à mes yeux que cette bataille. Le bien, le mal. La lumière et l'ombre. Le noir, le blanc. L'air et l'eau. J'accrochais les idées par la tête comme les poissons à mes hameçons. La vie s'appâte, se ferre et se débat. Il me semble être passé d'un lac à l'autre sur la terre dans le seul but de vivre un jour comme celui-là. Pêcher Jessie est mon destin.

Oliver fulminait. J'ai posé ma bouteille et me suis assagi. J'avais bien fait de l'embarquer. Oliver savait me cadrer. Il était exclu que je m'emporte si tôt le matin, à peine entamée notre campagne de pêche, laquelle pourrait durer des jours. Je coinçai la canne contre le nez de la barque, sécurisai le coup en la fixant à un mousqueton solidaire du bois. Je pouvais maintenant me rasseoir, les mains libres. *Mrs Dalloway* se tenait parfaitement immobile, à l'affût, la proue face à la ville au loin et au lac dans sa plus grande longueur. Le soleil découpait des bandes claires dans l'eau. Faisait étinceler les baies vitrées des plus hauts bâtiments d'Annecy construits en bord de lac. Un train de nuages bas passait lentement sur le massif du Semnoz. On annonçait un temps chaud et beau. Plus aucun poisson ne sautait hors de l'eau pour fuir un prédateur. La chasse avait cessé. La baleine s'était tue. Aucun mouvement sur l'eau, par-ci par-là, quelques touches minuscules. Le calme plat. Ma sortie avait tout l'air d'une petite partie de pêche à la friture. Un peu de brume restait encore filée dans les roseaux, sinon tout avait fondu pour laisser place à l'eau turquoise. La houle légère y allait de sa douce respiration. J'ai ouvert la caisse en bois et j'en ai sorti mon cahier bleu.

L'encre bleue, sur mon cahier bleu, au centre du lac bleu. Je ne savais pas qui, du lac ou de moi, allait écrire. Peut-être était-ce *Mrs Dalloway* qui tanguait imperceptiblement

sur l'encre de l'eau et faisait par gravité courir la plume de gauche à droite sur la page ? J'ai noté une phrase : « Je bois la terre et je mange l'eau. » Noté mes sensations : « 6 h 30. J'attends Jessie. Calme et confiant. Aucune appréhension, bien que l'animal soit monstrueux. J'ai pleine confiance en la robustesse de *Mrs Dalloway*. Oliver tient le poste de vigie. Je garde mon appareil photo près de moi. J'ai fixé des perchettes comme premier appât. Si rien ne se passe, je fixerai à l'hameçon triple un tronçon de brocheton. Soleil radieux. Aucune précipitation. Bon moral. »

Je remisai le cahier bleu dans sa boîte en bois, entre les bouteilles de vin blanc et le whisky embarqué pour fêter, le moment venu, la pêche miraculeuse. J'avais eu raison de rechercher dans le lac d'Annecy les sensations d'enfance qui m'avaient marqué sur les rives du Loch Ness. Ce lac possédait aussi son mystère, tout aussi grand. C'était une découverte que je n'aurais jamais osé espérer, comme quoi le rêve, si facilement vantard, se fait vite couard. Pourquoi pêcher dans une flaque le reflet de la lune, alors qu'une ligne bien montée peut attraper celle qui brille dans le ciel ? J'ai rouvert la boîte en bois et repris mon cahier. « Pourquoi pêcher dans une flaque le reflet de la lune, alors qu'une ligne bien montée peut attraper celle qui brille dans le ciel ? » On aurait dit un poème japonais. J'étais content de moi. Un peu trop peut-être. Qu'importe ! Personne ne le serait à ma place. Le lac me donnait de l'assurance. Les mots nés au soleil prenaient des belles gueules d'aventuriers, ce ne sont pas les mêmes figures qu'on trace sur une table de cuisine ou sur un esquif au milieu de l'eau. Même faciès peut-être, mais certainement pas les mêmes dents !

« Quand on meurt de soif, on revit toutes ses cuites en une minute ! » Proverbe loup de mer.

J'ai senti un léger tiraillement sur la ligne. Puis rien. Puis un tiraillement de nouveau. La touche était trop fine, ça ne pouvait pas être Jessie. Des carnassiers venaient suçoter les appâts. Repartaient. Revenaient tirer sur la queue d'une perche. J'avais presque oublié qu'il n'y a pas qu'une baleine dans le lac d'Annecy, ses eaux regorgent d'ablettes, de brèmes, de brochets, de carpes, de gardons, d'ombles chevaliers, de perches, de tanches, de truites, dont certains ne cesseront d'attaquer mon hameçon. Le grand combat en face à face commencerait par mille escarmouches collatérales, usantes pour les nerfs de n'importe quel pêcheur. Le calme est revenu. Je pouvais voir au loin la silhouette de Joaquim s'agiter à la Buvette de la Plage de Talloires. Sur l'autre rive, un embouteillage se former à l'entrée de Duingt. Un vent léger courait sur l'eau, sans la rider. *Mrs Dalloway* tenait bon son cap. Une ombre énorme glissait lentement sous l'eau le long du roc de Chère. Aucun nuage ne passait à l'aplomb de cette masse grise, ce ne pouvait donc pas être lui qui masquait le soleil de sa forme. La masse obscure s'est avancée encore, s'est rapprochée jusqu'à passer en dessous de nous. La barque a tangué. La baleine s'est immobilisée. Nous étions, *Mrs Dalloway*, Oliver et moi, comme posés sur son dos ! J'ai rembobiné mon fil en catastrophe. Relancé à l'aplomb de ce que je supposais être sa grosse tête et sa gigantesque bouche. Jessie remontait encore. Elle a cogné le fond de la barque. Les eaux se sont gonflées. Séparées. Jessie a soulevé *Mrs Dalloway* de quelques centimètres, pivotant sur elle-même, elle nous a fait tourner. La proue de *Mrs Dalloway* pointait Annecy, puis Doussard, puis Sevrier puis de nouveau Annecy. La baleine jouait avec nous. Nous étions échoués sur son dos comme sur un banc de sable. Puis la bête a replongé soudainement, nous projetant au centre d'un immense tourbillon d'écume. J'en avais le tournis. Oliver a roulé sur le côté. Si Jessie avait cherché à nous impressionner, c'était réussi ! Jamais je n'aurais imaginé un début de pêche pareil. Sans un moment dévolu à l'observation de l'adversaire, une mise à l'épreuve de la patience de chacun, non, elle avait choisi de foncer bille en tête pour me ridiculiser, me faire peur aussi, avant de disparaître dans les profondeurs vaseuses de sa cachette. Le gros cétacé montrait sa force. Facile ! Contre un jeune équipage à peine réveillé ! J'ai pris mon nounours dans les mains et l'ai brandi par-dessus les eaux encore agitées.

— Regarde bien qui tu combats, Jessie, un nounours unijambiste et un pauvre charpentier ! Ta force est grande, mais notre courage sera plus grand encore ! Tu finiras sur la plage de Talloires, Jessie, exposée aux terribles rayons du soleil !

Je me suis rassis. Et puis j'ai bu un coup. Dans la bagarre, j'avais perdu mon seau d'appâts. Ne me restaient pour pêcher la baleine que des gros vers de terre bien rouges et des asticots bien blancs. Je verrais bien. Il n'y avait pas de précédent. J'ai rouvert mon cahier bleu. « 7 heures. Premier combat contre la baleine. *Mrs Dalloway*, projetée dans les airs par un coup de boutoir du monstre, a tenu bon. Retombant violemment sur les flots, elle n'a pas chaviré sous la force désordonnée des vagues. Oliver a été héroïque. L'assaillante a battu en retraite en plongeant dans les profondeurs sombres du lac. Nous avons perdu la baleine de vue. Nous regrettons la disparition du seau en plastique et de ses appâts vivants, et, plus grave encore, de l'appareil photo tombé à l'eau. Aucun blessé. La chasse s'annonce

terrible. Mais du courage, nous en avons. Météo inchangée. »

Au fond, commencer la journée de pêche par un tabassage en règle me plaisait bien, plutôt que titiller le fil pendant des heures sans rien sentir de fort. Les règles du jeu étaient posées. Il nous faudrait une sacrée dose de courage pour venir à bout de la bête. Une prise de risque qui serait proportionnelle à ce que sa capture déclencherait dans tous les médias du monde entier. Je n'ai jamais cherché la gloire. Mais le merveilleux m'attire. C'est du sucre. Devenir « l'homme qui pêcha la baleine du lac d'Annecy », un peu comme ce titre d'un film de John Ford, *L'Homme qui tua Liberty Valance*. Il fut un temps où j'allais beaucoup au cinéma. Je n'y vais plus. J'ai changé de salle. J'ai choisi de ne rater aucune projection quotidienne sur l'écran géant du lac. On y joue *Le Vieil Homme et le Lac*. À ce moment du film, la barque a failli être fracassée par la baleine, mais le courage de l'équipage de *Mrs Dalloway* a réussi à la mettre en fuite. Le héros a bu du vin blanc, mais son second, Oliver, le surveille du coin de l'œil. J'attendais la suite du film avec impatience.

Le vent poussait sur l'eau des graines venues des alpages. La montagne et le lac se mariaient au travers de ces nappes d'un jaune pâle qui se disloquaient en surface et coulaient. Les goujons devaient s'en régaler avant de devenir eux-mêmes le régal des plus gros. J'ai fixé à mon hameçon un beau ver bien turbulent et lancé en direction du large. Qu'est-ce que représente un ver de terre pour une baleine ? Peut-elle seulement l'apercevoir dans les profondeurs troubles du lac ? Je ne comptais pas là-dessus. J'espérais seulement qu'elle goberait l'appât en avalant tout le reste. J'ai recalé le manche de la canne dans le fond de la barque, l'ai appuyée contre le plat-bord, repassé le mousqueton dans l'anneau pour la sécuriser. La baleine pouvait tirer, elle ne m'arracherait pas la canne des mains ! Ce dispositif m'avait sauvé la mise ce jour où j'avais sorti du Léman un silure de quatre-vingts kilos, dans le petit lac, face à Nyon. J'ajoutais toujours une canne au gros à mes filets pour la féra. Mais je passais maintenant des quatre-vingts kilos du silure suisse aux vingt tonnes de la baleine haut-savoyarde ! « Qui ne tente rien n'a rien », aurait dit *Mrs Dalloway*, tentant de me rassurer. *Mrs Dalloway* parlait rarement. Les véritables barques de pêche ne sont pas bavardes. Elles observent les rives et les eaux, sondent les profondeurs, jugent du temps qu'il fait et qu'il va faire, notent les températures. Elles murmurent en clapots. La voix de *Mrs Dalloway* résonnait parfois sous le traversin avant, j'appréciais le timbre clair et sûr du bois contraint. Parfois, allongé en elle, quand tombait le soir, je lui faisais des déclarations :

— *Mrs Dalloway*, je vous aime.

Elle ne me répondait pas. Je sentais seulement son bois frémir sous mon corps étendu. Je m'endormais. Elle allait où bon lui semblait. Je rouvrais les yeux pour ne voir que le ciel, parfois la lune, avant de replonger dans un sommeil léger. C'est une exquise sensation de se laisser conduire par un vaisseau de caractère. Aller au gré des eaux, sans rien décider de son chemin.

— Vous m'avez entendu, *Mrs Dalloway* ? Je vous aime !

Il m'arrivait de crier mes mots d'amour, debout sur le banc de *Mrs Dalloway*, nu, au milieu du lac. Mais le vin y était certainement pour quelque chose. Jamais la barque ne m'en a fait reproche. Je pense qu'elle détournait le regard et fixait le fond. Ma liberté de fonctionner devait être prise comme un hommage à sa propre indépendance. Et si l'on va par là, *Mrs Dalloway* allait sur les flots très légèrement vêtue, parée de son seul bois verni. Nous étions alors nus tous les deux, voguant sur le lac d'Annecy. Il suffit de regarder pour voir. Un cheval dans un nuage. Une jeune femme nue dans une barque. Rien ne m'est plus cher que cette recomposition. Alors tout change et s'agrandit. Tout est surprise. Comme ces goélands qui tournaient dans le soleil levant et prenaient des allures de papiers en flammes. Les oiseaux rouges s'élevaient dans l'air incendié de la bibliothèque d'Alexandrie. De quel livre en feu était sortie la baleine ? Oliver, silencieux, n'avait pas de réponse. Il me fixait. Je sais bien ce qu'il voulait.

— Je t'aime, Oliver.

Oliver est très jaloux. Je ne peux pas dire à *Mrs Dalloway* que je l'aime si je ne dis pas dans la foulée à Oliver que je l'aime aussi. L'équipage a faim de câlins.

— Je t'aime, Oliver, et je vous aime, *Mrs Dalloway*.

J'avais, je crois, rempli les cœurs. Soudé le groupe. Face à Jessie, à sa force et à sa détermination, nous devions ne faire qu'un !

— Je t'aime, profond lac, et je t'aime, haute montagne !

Il revenait parmi nous, le tragédien fariné. Une nouvelle touche lui cloua le bec.

Un léger tiraillement, sans suite. Je n'aurais pas été contrarié de ferrer une belle perche qui m'aurait à son tour servi d'appât. Rien n'a mordu. Je rembobinai le fil. Le ver se tortillait toujours avec vigueur au bout du gros hameçon. J'ajoutai une grappe d'asticots. Cela se présentait comme un appétissant casse-croûte aux deux viandes. Je relançai, le plus fort que je pus, le plus loin de la barque. L'appât touchant l'eau a fait un joli « plop ! ». Le son de l'esche frappant la surface suffit souvent à attirer le poisson. Ce

discret « plop », pas plus gros qu'un bouchon de champagne, donnerait-il faim à Jessie ? Il me fallait tout inventer. Tout deviner. Personne n'avait encore écrit *Les Secrets de la pêche à la baleine à la ligne* chez J'ai Lu, ou Marabout, que j'aurais pu consulter pour m'enquérir des bonnes méthodes. Il me fallait apprendre à pêcher la baleine en même temps que je la pêchais. Sur le tas ! Ça n'en serait que plus glorieux ! J'appariais maintenant la beauté de ma liberté à la grandeur de ma gloire. C'était un pari risqué ! Mais il faut bien, à un moment ou à un autre, remettre sa vie au pot. Avec une simple canne en fibre de verre et un fil de nylon tressé ? Il y a des funambules qui traversent des canyons et mettent leur vie en jeu avec moins que ça. En fait, je n'étais pas le plus mal loti. Oliver me fixait et je voyais bien dans ses yeux ronds et brillants qu'il me faisait une totale confiance. Depuis mes cinq ans, mon nounours a toujours eu confiance en moi. J'en suis très fier. Pêcher Jessie sera un jeu d'enfant ! Oliver a souri. C'est pour ça aussi que je prends autant de risques. Pour le sourire d'une vieille peluche dans une barque qui va et vient, libre et dévêtue, au milieu de l'eau. Oliver a mon âge, quarante-deux ans. *Mrs Dalloway* a presque quatre-vingt-dix ans. Il est grand temps pour nous trois d'avoir dix ans, vous ne croyez pas ?

— Pour nous tous, a corrigé *Mrs Dalloway*, dans un grincement de son bois verni.

— Oui, vous avez raison, dix ans pour nous tous qui vivons sur la terre, *Mrs Dalloway*.

Nous nous sommes tus. Il faut savoir que la première condition de la pêche est le silence. Et l'observation du milieu. Un rapace tournait haut dans le ciel. Ces oiseaux sont capables de repérer une marmotte à un kilomètre de distance. Il devait apercevoir la silhouette sombre de Jessie. La forme effilée des grands brochets postés en surface, que l'élévation des températures chasserait bientôt vers le fond. Météo-France prévoyait une journée chaude d'été, avec des orages possiblement violents en début de soirée. Je n'avais rien d'autre à faire qu'à attendre une touche en surveillant mon fil.

Il y aurait un « avant Jessie », et un « après la baleine », forcément. Le conseil général pourrait me tresser des couronnes, et la mairie de Talloires et la Buvette de la Plage me payer le coup *ad vitam aeternam* !

Voilà comment toute une région bascule dans l'euphorie. Il faut s'attendre que le lac du Bourget nous sorte son monstre, et le lac Léman, son Nessie. Mais ce sera trop tard. L'Écosse abrite au bas mot treize grands lacs, et seul le Loch Ness possède son monstre unique, aussi célèbre que les Beatles. Personne n'a jamais photographié de créature dans le Loch Lomond, d'une superficie de 71 kilomètres carrés pour une profondeur maximale de 190 mètres, ni dans le Loch Lochy, d'une profondeur de 162 mètres, pour ne citer qu'eux. Pourquoi le Loch Ness, et seulement lui ? Pourquoi le lac d'Annecy, et pas un autre ? Existerait-il un bras de mer souterrain géant qui relierait les Alpes à l'océan Atlantique ? Ce qui expliquerait la présence du cétacé dans un lac glaciaire. On sait que le Loch Ness dispose de failles sous-marines et que quelques-unes conduisent à la mer. Six cents kilomètres séparent Annecy de Bordeaux, le lac de l'estuaire de la Gironde. Jamais personne, je crois, n'a signalé la présence d'une baleine dans l'estuaire, pourtant large de 12 kilomètres à son embouchure et d'une superficie de 635 kilomètres carrés, alors que le Loch Ness n'en fait que 56, et le lac d'Annecy que 28 ! Jessie passerait de l'un à l'autre en voyageant sous terre ? C'est une explication qui se tient, et résoudrait le mystère de son extrême discrétion.

J'ai sorti mon cahier bleu. Dessiné vaguement une carte de France et tracé en pointillé le parcours présumé de Jessie. Une question m'est venue : pourquoi ne trouve-t-on pas dans le lac d'Annecy des poissons de mer, qui profiteraient de l'existence de ces tunnels noyés pour migrer ? Peut-être fallait-il réfuter cette hypothèse d'un bras de mer souterrain ? À peine énoncée, sitôt déboutée ! Triste sort réservé aux pensées scientifiques les plus avant-gardistes.

Au fond, je préférais croire en la première version. Jessie vivait dans le lac d'Annecy et ne vivait que là. Depuis toujours. C'est le terrible résultat de la cécité des hommes si personne ne l'avait jamais vue. Combien de choses nous passent sous le nez que nous ne voyons pas ? À quel âge cessons-nous de voir ? Les enfants, pour la plupart, cessent de dessiner vers l'âge de cinq ans. L'abandon du coloriage et la perte de la vue seraient-ils intimement liés ? Je dessinai un nuage. Un poisson sur le nuage. Je l'avais vu. Puis je rangeai mon cahier bleu. Ébloui. Le soleil incendiait déjà le bois verni de *Mrs Dalloway*. Le fil s'est tendu. J'ai ferré. Ramené. Rien. On avait juste mangé l'appât. J'ai remis une belle grappe de gros vers. Lancé. Le fil s'est tendu de nouveau. J'ai ferré. Encore rien ! Hameçon vide. Les poissons affamés me délestaient de mes vers. En l'absence de Jessie, ils s'en donnaient à cœur joie. Leur excitation était signifiante. Leur fuite le serait aussi, elle me dirait : « Attention, la revoilà ! »

Je n'ai pas eu longtemps à attendre. Bientôt, plus personne ne s'aventura à titiller le bas de ligne. Jessie rôdait. Une masse d'eau soulevée s'avançait au beau milieu du lac. Puis la surface s'est aplanie, avant que ne se reforme un peu plus loin la puissante courbure d'un dos. La force et la fluidité s'alliaient pour créer une marée d'équinoxe. La vague est venue nous frapper au travers, nous trempant, Oliver et moi, lui, jusqu'à la paille, et moi, jusqu'aux os. *Mrs Dalloway* chaloupait dangereusement d'un bord sur l'autre. Nombre de chavirages inexpliqués pouvaient l'être si l'on prenait en compte les déplacements du monstre. Le naufrage le plus célèbre restant celui du bateau à aubes le *France*, le samedi 13 mars 1971, au large de l'Impérial Palace. Ce matin-là, le *France*, ancré depuis des années au large de la plage d'Albigny, avait disparu ! Seuls flottaient encore quelques débris, une petite embarcation de sauvetage et un canot « Bombard » à moitié gonflé qu'on a pu ramener au port des Marquisats.

On a parlé d'attentat. D'autres assuraient avoir vu le bateau gîter. Il ne faisait pour eux aucun doute que l'eau s'était engouffrée par les hublots. Jamais le mystère du *France*, qui repose toujours par 42 mètres de fond, n'a été éclairci. Je suis certain que Jessie en est la responsable. Elle aura attaqué le bateau dans cette nuit du 12 mars, fracassé les roues à aubes à grands coups de sa queue immense et ouvert une terrible voie d'eau dans la coque qui aura entraîné le fleuron de la Compagnie des bateaux du lac d'Annecy par le fond. Long de 47 mètres, large de 12 mètres, deux ponts, une machine à vapeur actionnant deux roues à aubes : il se peut que ce monstre de métal bruyant et capable de foncer à 24 kilomètres-heure ait effrayé la baleine au point de la rendre folle à tuer. Il faudrait envoyer une équipe de plongeurs pour étudier l'épave envasée à la lumière de mon récit concernant le monstre du lac qui refaisait aujourd'hui surface. À voir les remous occasionnés par sa taille, il ne fait pas de doute qu'il aurait été capable de pulvériser ce bateau ultramoderne pour l'époque, comme un rien. Et voilà le mystère du naufrage du *France* résolu ! Presque cinquante ans après. Il faudrait que j'appelle *Le Dauphiné libéré*, mais je sais l'accueil qui me sera réservé : des sarcasmes. « Allô, Ingrid, c'est Murray ! Je sais pourquoi le *France* a coulé dans le lac, c'est la baleine qui l'a attaqué, il faut l'écrire ! » Elle rira et raccrochera. Bientôt elle ne me prendra plus au téléphone, prétextant qu'elle est en réunion de rédaction. Je serai comme ce héros du feuilleton

Les Envahisseurs, qui voit des extraterrestres partout et que personne ne croit jamais. En téléphonant au *Dauphiné*, sans succès, je serai le nouveau David Vincent. « Un soir, alors qu'il s'assoupit au volant de sa voiture, David Vincent est témoin de l'atterrissage d'une soucoupe volante. Depuis cette nuit-là, il n'a de cesse de convaincre ses semblables de combattre ces extraterrestres qui sous une apparence humaine infiltrent insidieusement la Terre afin de la coloniser. » J'adorais ça ! « Un matin, alors qu'il s'assoupit à la Buvette de la Plage, Murray Haig est témoin de l'apparition d'une baleine dans le lac d'Annecy. Depuis ce jour-là, il n'a de cesse de convaincre ses semblables de pêcher ce monstre qui sous une apparence de cétacé colonise insidieusement ce lac. » Voilà ma triste et incroyable aventure. J'ai oublié de citer Oliver qui, lui aussi, n'a de cesse de convaincre ses contemporains. J'étais à un tournant de ma vie, et plus rien ne serait plus comme avant.

Vivre au jour le jour et dormir à la nuit la nuit.

Le calme est revenu. Je sentais Jessie toute proche de nous. Posée sur le fond. Je laissais filer la ligne jusqu'à toucher quelque chose. Un frémissement du fil me fit comprendre que mon appât s'était posé sur du vivant. Par réflexe, je passai ma paume sur mon livre à travers le tissu trempé de ma poche. Le pauvre avait reçu la vague. Je le sortis pour le mettre à sécher sur le banc. *Le Vieil Homme et la Mer* avait pris l'eau pendant une terrible chasse à la baleine. Que peut-on souhaiter de mieux à un livre de cette trempe ? Tout prenait joliment sa place dans ce scénario que le lac écrivait à l'encre bleue de son eau bleue. Je donnai des petits coups de poignet pour faire sautiller l'appât et exciter l'appétit de la baleine. Sentait-elle le chatouillement du bouquet de vers sur la peau épaisse de son dos ? J'ai lu que la couche de graisse de cet animal peut aller jusqu'à cinquante centimètres. Un ver peut-il se faire reconnaître à travers un demi-mètre de gras ? J'ai tiré le fil sur la gauche, sur la droite, en avant, en arrière, jusqu'à ce que la chance le place pile devant son œil. J'ai donné du mou. L'appât a coulé encore un peu, comme s'il suivait la courbe de l'animal. J'ai bloqué le moulinet. J'y étais. Mes beaux vers se tortillaient sous le nez de la baleine et je n'avais plus qu'à attendre son bon vouloir.

J'avais en mon temps participé à des compétitions de pêche à la carpe, et les interminables heures d'attente pour que ça morde enfin ne me faisaient pas peur. La patience de *Mrs Dalloway* était sans limites. Quant à Oliver, il était aussi bien à prendre l'air et le soleil au milieu du lac que dans les combles de la maison, à ne rien faire que somnoler dans la pénombre, au pied du lit. Je n'oubliais pas le début du roman d'Hemingway. « En quatre-vingt-quatre jours, il n'avait pas pris un poisson. » Terrible attente qui n'avait pas entamé ni la patience ni la force du vieux Santiago. Quatre-vingt-quatre jours. Presque trois mois sans rien sortir de l'eau ! Je n'en étais qu'à trois heures de pêche et j'avais déjà pu voir par deux fois mon gibier. Il n'y avait vraiment pas de quoi se plaindre. Et pas non plus besoin de tourner inlassablement sur le lac à la recherche de la baleine, j'étais sur le poste, à l'aplomb du « plus fascinant des adversaires » ! C'est ce qu'on dit habituellement du grand brochet. Alors après ça, comment qualifier une énorme baleine ? Quel superlatif employer ? Santiago parle d'un « poisson extraordinaire », s'agissant de l'espadon géant qui a mordu à sa ligne. Dois-je dire « une baleine extraordinaire » ou, tout simplement, « la baleine du lac d'Annecy » ? J'étais à l'aplomb de la baleine du lac d'Annecy. Cela suffit, je crois, à visualiser l'exceptionnel. Je posai la paume de ma main sur le livre d'Hemingway détrempé, un peu comme on pose les mains à plat sur une table pour convoquer les esprits des morts et demander conseil. J'ai cru deviner que le grand écrivain me disait : « Tu veux écrire, Murray ? Tu veux pêcher la baleine ? Alors, démerde-toi ! » Il ne faut pas oublier qu'Hemingway était un grand amateur de whisky. Il ne faut pas se tromper d'heure quand on veut causer avec lui, outre-tombe. Mieux vaut parler à Santiago. Le vieux disait dans le livre : « Poisson, je t'aime bien. Et je te respecte. » Il appelait l'espadon « Poisson ». J'appellerai donc la baleine « Baleine ». Je sais bien que ces histoires de nom sans importance n'avaient pour but que de me rassurer. Les vingt tonnes du monstre attendaient je ne sais quel signal pour remonter à toute vitesse et nous fracasser peut-être. Quelle drôle de fin ! Très inattendue. On retrouverait mon corps flottant parmi des bouteilles vides. Je sais ce que les autorités tireraient comme conclusion. Adieu la une du *Dauphiné* ! Je finirais en page 10, en bas à droite, un petit article de quinze lignes racontant la triste noyade d'un pêcheur alcoolique. Joaquim enfoncerait le clou en narrant aux gendarmes mes délires. « Il buvait du blanc le matin et voyait des baleines ! » Je sais que personne n'interrogera Oliver. Et pourtant, lui, il sait ! Il faudrait interroger les chiens. Les poules d'eau et les arbres. Ils ont beaucoup plus de choses à dire que l'on croit.

J'ai sorti mon cahier bleu. « 9 heures. Calme plat. *Mrs Dalloway* stationne à l'aplomb de Jessie. Les appâts sont en place. Vent force zéro. » Un hors-bord est passé, tirant un skieur. La vague oblique est venue nous faire tanguer. Puis nous bercer. Le lent balancement de *Mrs Dalloway* avait quelque chose de maternel. Éloignait les dangers. La baleine pouvait bien crever la surface à cet instant où maman me cajolait. Je m'abandonnais, sans honte. Pourquoi ne pas profiter de toute cette affection que m'offrait le lac ? Le câlin avant la tempête ! L'eau s'est mise à sentir le pré. On fauchait sur les pentes de la Tournette et le lourd parfum des foins venait se jeter dans le lac comme un torrent. Se mêler aux relents de la vase tiède retournée. Tous ces effluves étaient grisants. Autant qu'un vin. C'était formidablement joyeux. J'ai tiré et relâché le fil de ma ligne sous le nez de la baleine posée au fond.

— Mange, Jessie, mords ! C'est un bien piètre encas pour une bête de ta taille, mais je te l'offre avec tellement de plaisir que tu ne peux pas refuser !

J'ai senti un tiraillement. Un coup sec. Plus rien. Puis un second coup sec. J'avais du mal à imaginer comment une baleine pouvait titiller avec sa bouche immense un si petit ver au bout d'un petit hameçon, elle qui aurait gobé comme un œuf la barque et tous ses occupants. J'ai ramené le fil et l'hameçon vide. Remis un bouquet de vers. Lancé. Attendu la touche et mouliné pour ressortir de l'eau le crochet dégarni. Une bouche molle suçotait les appâts jusqu'à les vider de leur substance, mais ne mordait pas franchement. J'avais perdu mes vifs et mon seau ; à ce rythme, je manquerais bientôt de vers. J'ai relancé. Les esches, entraînées par le plomb, ont coulé à la verticale. Neuf coups ont sonné à l'église de Talloires. Les notes ricochaient sur l'eau comme des cailloux plats. Le soleil faisait mal aux yeux. Il devait déjà faire dans les vingt degrés.

Le Vieil Homme et la Mer séchait sur le banc en se racornissant. En quelques heures de campagne à la baleine, le livre avait pris un bon coup de vieux. Déjà jauni par le temps, il arborait maintenant sur sa tranche une nouvelle teinte marronnasse. Une bonne gueule de loup de mer fatigué ! Le roman se faisait la caboche de son héros buriné. Depuis combien de temps ce petit bouquin n'avait-il pas dormi, à poursuivre sans relâche son espadon géant ? Il était amaigri. Épais comme mon petit doigt. Et pourtant, il contenait un océan.

Je l'ai pris dans mes mains. Je l'ai ouvert. L'eau du lac d'Annecy avait trempé les mots de la mer. Jessie s'est remise à chanter à l'aplomb de *Mrs Dalloway*. Sa mélodie faisait vibrer la masse d'eau juste sous la barque. Trembler le livre dans mes mains. Le vieux Santiago devait frémir de tout son être. Il y avait, caché sous la surface, encore plus gros et plus puissant que l'espadon géant !

Soudain, un fort souffle de vent a tourné les pages. Le livre a donné comme un coup de queue, s'est gonflé, a tressauté, il a rosi dans les pliures trempées du papier. Le bouquin se révoltait et devenait vivant. S'ouvrait en deux et palpitait comme les ouïes rouge vif d'un poisson. Il cherchait l'air. Palpitait dans le creux de mes mains jointes. Glissait entre mes doigts. *Le Vieil Homme et la Mer* se faisait bonite, anguille ! Il m'a échappé des mains et, tombant dans le fond noyé de la barque, a commencé à se débattre furieusement, virevoltant, frappant l'eau, cherchant à fuir et à retourner au fond du lac, s'arrachant au passage quelques miraculeuses écailles nacrées ! Je l'ai vu se frayer un chemin entre les boîtes de vers et celles d'asticots.

Le chant sourd de Jessie rendait le livre fou ! On aurait dit qu'il voulait à tout prix la rejoindre. Plonger et se laisser couler jusqu'à elle. S'en faire avaler, peut-être. Il se précipitait contre les parois de la barque et s'y cognait violemment. Le chant de la baleine redoublait de puissance. *Le Vieil Homme et la Mer* faisait des bonds de poisson volant ! Un tourbillon d'écume s'est formé à quelques mètres devant nous. Les eaux se sont gonflées. *Mrs Dalloway*, soulevée d'un coup par la masse bouillonnante, s'est mise à gîter dangereusement. Oliver valsait de bâbord à tribord sur sa jambe unique. Jessie remontait à toute vitesse en émettant un grognement terrifiant ! Ce n'était plus un chant mélancolique, mais un terrible cri de combat ! On allait tous y passer ! Au moment où son dos a crevé la surface, j'ai cru entendre le livre chanter, un chant sombre et triste qui montait de la profondeur abyssale des pages. Je ne savais plus qui, de l'espadon ou de la baleine, allait attaquer en premier, si le géant du roman allait harponner la baleine de son rostre ou si la baleine allait plonger dans les eaux du livre pour y disparaître à jamais. Jessie a dressé sa queue immense vers le ciel et frappé l'écume à quelques mètres seulement de la proue de l'embarcation, propulsant *Mrs Dalloway* à quelques dizaines de mètres du point d'impact. J'assistais aux prémices du combat entre le monstre du roman et le monstre du lac. La baleine a plongé verticalement. Nous laissant un répit. Il fallait que je rembobine mon fil. J'immobilisai le livre en posant mon pied dessus. Le roman avait une force terrible. La barque tanguait. Je tentais de saisir l'hameçon entre mes doigts lorsque j'ai glissé. Mon front a heurté le traversin de bois. Quand je suis revenu à moi, le livre ouvrait sa grande gueule dans le fond de la barque, happait l'air. Il fallait faire vite ! Jessie hurlait dans l'éruption de vase qu'elle provoquait dans le fond. J'ai saisi le livre qui se débattait dans les vingt centimètres d'eau et l'ai fixé à l'hameçon triple en passant la pointe du crochet dans le *o* du « vieil homme » comme dans l'œil d'un vif. *Le Vieil Homme et la Mer* se tordait au bout de mon bas de ligne. Une goutte de sang noir avait perlé sur le haut de sa tête entre « Ernest » et « Hemingway ».

Nous étions maintenant quatre à combattre – Santiago, Murray Haig, l'espadon géant et la baleine – sur les eaux tourmentées du lac d'Annecy. Ne manquait qu'un éclair pour ajouter du drame au drame. Le ciel est devenu noir, d'un coup. L'orage s'est abattu. On ne voyait plus les rives. *Mrs Dalloway* tournait sur elle-même, prisonnière d'un tourbillon qui se creusait toujours plus. Je serrais de toutes mes forces l'espadon du livre. Comment un homme avait-il pu créer une telle créature de papier, aussi puissante et féroce ? Les Prix Nobel de littérature sont des gens peu communs.

— Battez-vous, mes rois du lac ! Je ramènerai sur la plage de Talloires la grande baleine et deviendrai le plus grand pêcheur de tous les temps !

La pluie battante étouffait mes cris. J'ai lancé ma ligne parée du roman vivant d'Hemingway, ça n'était plus un simple bouquet de vers de belle taille que je baladais sous le nez de la baleine, mais Santiago, le vieux pêcheur du Gulf Stream et sa barque, l'espadon géant, les bonites, les méduses, la cabane, les poissons volants ! L'océan tout entier et

la nuit étoilée piqués solidement, balancés d'un coup de poignet le plus loin que je pouvais de *Mrs Dalloway* et d'Oliver ! L'appât a fendu l'air en sifflant plus fort que le vent au moment précis où Jessie propulsait ses vingt tonnes hors de l'eau, hurlant, le regard fou et la gueule grande ouverte ! Devant autant de force brute, le ciel noir n'a pas tenu et s'est troué, déchiré d'éclairs, sur toute son épaisseur de nuages, inventant au-dessus de nous une cheminée de lumière blanche qui reliait le ciel à l'eau. La baleine rata une première fois l'espadon géant d'Hemingway et retomba de toute sa masse dans l'eau noire saturée d'orage. Elle replongea. Je ramenai le fil à toute vitesse. Le livre luttait.

Jessie réapparut dans un tsunami d'écume. Je relançai. La baleine ouvrait une si grande gueule qu'elle aurait pu avaler d'un coup tous les plus gros bateaux de la Compagnie du lac d'Annecy. *Le Vieil Homme et la Mer* vendait chèrement sa peau. Jessie retomba, enfournant l'appât dans le gouffre sombre de sa bouche, elle l'entraînait maintenant par le fond. Je laissai filer du fil, et filer encore, dans le sifflement aigu du moulinet. Elle avait mordu, et bien ! Aucun risque que l'esche ne se décroche. Je serrai le manche de la canne de toutes mes forces. Me préparai à combattre. J'ai vu l'eau s'ouvrir à cent mètres devant *Mrs Dalloway*, épaissie de vase couleur bronze, se mettre à bouillonner dans cette lumière blanche d'apocalypse tombée du ciel, puis la queue du monstre s'est élevée dans les airs pour s'abattre violemment sur la surface démontée du lac. Jessie serrait dans sa gueule le roman d'Ernest Hemingway et Santiago devait bénir les cieux de vivre un pareil moment. « Pour un gros, c'est un gros, dit-il. Il l'a eu long dans la bouche et il fout le camp avec ! » Je tenais bon. Jessie s'éloignait toujours plus de la barque et je voyais le moment où le moulinet serait complètement dévidé. Je glissai le manche de la canne sous mes fesses et commençai à ramer dans la direction de la baleine. Bientôt, je me retrouvais à naviguer à sa vitesse et le fil cessa de filer. Jessie nageait par le fond et je ramais en surface, de sorte que personne, depuis les rives est ou ouest, ne pouvait savoir exactement ce qui se tramait au milieu de l'eau. *Le Vieil Homme et la*

Mer avait pris ses quartiers dans le ventre de la baleine ! Ce petit bouquin que je gardais sagement dans la poche de mon treillis, que j'ouvrais devant moi quand je dînais frugalement sur la table de la cuisine, que je posais le soir sur ma poitrine afin de traverser accompagné d'un marin expérimenté le terrifiant bras de mer des mauvaises nuits, ce héros devenu mon ami combattait courageusement par soixante-dix mètres de profondeur ! Je combattais avec lui. Arc-bouté en arrière. Décidé à lui faire honneur !

Jessie dépassa le roc de Chère, le port de Menthon-Saint-Bernard, Veyrier-du-Lac, remorquant *Mrs Dalloway* et nous son équipage qui voguions à belle vitesse en direction d'Annecy. Jessie ralentit. Je pus regagner de la ligne. Un mètre au moins ! Je prenais l'ascendant. Quand il s'agit de combats titanesques, tout est dans le mental. J'avais lu ça un jour, je ne sais plus où. Dans un « Que sais-je ? » sur la volonté, peut-être. Ou bien, dans une biographie de Mohamed Ali. Je moulinai encore un mètre de fil, me rapprochant d'autant de ma prise qui semblait vouloir faire une pause. De courte durée. Une secousse m'arracha les épaules. *Mrs Dalloway* repartit dans un bouillon d'écume. Direction Annecy. L'heure approchait de la première croisière, *L'Allobroge* allait quitter l'embarcadère, larguer son amarre le long du quai Napoléon-III. Comment allait se comporter Jessie ? Contrariée par cet hameçon triple et sa ligne qui l'entravait, allait-elle attaquer et détruire à coups de queue cette embarcation comme elle l'avait fait du vapeur *France* en 1971 ? Le premier départ était prévu à 10 h 30. Il était 10 h 20 ! Je tirai sur la tresse de nylon pour tenter de la ralentir. On passait le port de Chavoire. Bientôt, on longerait la plage d'Albigny avant de dépasser l'Impérial Palace, à bonne distance de la rive pour que Jessie profite des grands fonds. Elle s'arrêta, je sentis le fil se détendre à l'endroit même où reposait l'épave du *France* qu'elle avait fracassé en cette funeste nuit de mars. Quarante-deux mètres de fond. Je ne sentais rien au bout du fil. Pas même une secousse légère. S'était-elle décrochée ? J'ai tiré un coup sec. C'était comme si je ferrais la montagne elle-même ! Jessie avait l'hameçon bien planté.

Je la sentis frémir. *L'Allobroge* quitta l'embarcadère en déplaçant une masse d'eau inférieure à ce que Jessie brassait en jouant dans l'épave. Le bateau se mit à tanguer, provoquant les cris des passagers les plus jeunes, puis il s'éloigna lentement du quai de la vieille ville, opposant sa puissance à celle du monstre, bravant ce courant inhabituel venu du large. En poussant ses moteurs au maximum, il put retrouver progressivement son assiette.

La barque, contrairement à *L'Allobroge*, n'avait pas été surprise par ce subit déplacement d'eau. Je pouvais être fier d'elle, autant qu'elle pouvait être fière de moi.

Les touristes photographiaient *Mrs Dalloway*, belle comme jamais dans sa robe de reflets argent.

— Elle date de quand ? cria un vieux monsieur qui devait être de la partie.

— On ne donne pas l'âge des vieilles dames ! répondis-je.

— Elle est en quel bois ?

— En bois dont on fait des légendes ! lançai-je sous les sourires amicaux d'un groupe de Japonais ravis.

Comme je tenais fermement ma canne à pêche, une voix se détacha pour me demander si ça mordait.

— Vous n'aurez qu'à lire le journal et vous saurez ! ai-je crié, couvert par le bruit du moteur et la voix du commandant de *L'Allobroge* qui entamait à travers un micro son long commentaire sur le lac et ses environs, brodait sur les riches villas pieds dans l'eau, sur les nombreux propriétaires soumis à l'ISF, sur les étoiles Michelin attribuées aux plus célèbres restaurants. S'il avait su ce que je tenais au bout de mon fil, le capitaine aurait changé son texte ! Les passagers se seraient munis de gilets de sauvetage, se seraient solidement attachés à leur siège et auraient mitraillé l'eau à la recherche du monstre ! Dorénavant, l'on prendrait un ticket découverte, « Le monstre du lac d'Annecy ». Il faudrait à l'avenir doubler le nombre des croisières omnibus. Voire en tripler le prix. Toute l'économie de la compagnie en serait chamboulée. Celle de la ville aussi. De la région même ! Ah ! s'ils avaient su !

Le bateau a viré sur bâbord et pris la direction du port de Menthon en longeant la rive est, qu'on appelle aussi rive Plein Soleil, car elle bénéficie d'un ensoleillement dès tôt le matin, contrairement à la rive ouest qui reste beaucoup plus tard dans l'ombre avant que le soleil ne dépasse la montagne du Semnoz. Le ciel noir avait laissé place à quelques fins nuages cotonneux. Le soleil redonnait à l'eau sa transparence de surface. Personne n'avait détecté la présence du cétacé de vingt tonnes, posé à seulement quarante mètres sous la surface. Jessie savait se faire aussi discrète qu'une carpe d'un kilo ! Le bateau s'est éloigné, dessinant une épaisse bande de mousse blanche sur l'eau redevenue d'un beau bleu. La baleine n'a pas bougé. *Mrs Dalloway* dansait doucement dans les creux de la houle, abandonnant le fil de nylon à la vague ou bien l'étirant au soleil, où il prenait une irisation arc-en-ciel, en mesure. Je ressemblais plus à Alexandre le Bienheureux titillant le goujon qu'au capitaine Achab pourchassant Moby Dick ! Un petit groupe de voiles rouges se rassemblait au large du club nautique comme une colonie de papillons. Des adolescents jouaient au football sur la vaste promenade herbue du Pâquier tandis que des mamans passaient devant les loueurs de pédalos avec des poussettes. Tout était calme. Je me suis penché par-dessus le plat-bord, le visage au ras de la surface. Je n'y voyais rien au-delà de deux mètres. Aucune ombre qui signalerait la présence de la masse énorme. Aucun mouvement. Si je ne voyais pas une baleine au fond du lac d'Annecy, que je ne discernais pas les vestiges de l'épave du *France*, qu'est-ce qui pouvait échapper encore à ma vue ? Qu'est-ce que je ne voyais pas en regardant les montagnes ? le ciel ? les gens ? Quand je dévisageais une vieille dame assise seule sur un banc au bord de l'eau, quel monstre du lac bleu de ses yeux se dérobait à ma vue ? Combien de Jessie et de Nessie se dissimulaient dans les cœurs ? J'ai trempé mes lèvres dans l'eau. Appelé la baleine. Tenté de provoquer sa colère en la traitant de merlan !, de maquereau !, de foie de morue d'eau douce !, sous les murmures agacés de *Mrs Dalloway*. Elle tanguait doucement et tirait des clapots un chant de reproche. Ma jolie barque avait honte de moi, et ça n'était pas la première fois. J'étais le fils alcoolique et turbulent de la famille Dalloway. Un chasseur de baleine n'a pas la mise d'un pêcheur de crevettes, loin s'en faut !

— Hemingway n'aurait pas mis une chaloupe à l'eau pour une sardine de votre trempe ! ai-je crié en direction de la bête assoupie.

C'en était trop pour un seul monstre ! Jessie s'est mise en route, tirant violemment sur le fil qui tenait bon, faisant piquer la proue de *Mrs Dalloway* et s'élever la poupe, embarquant un paquet d'eau qui avait rempli le fond de la barque jusqu'au-dessus des mollets. Je l'avais bien cherché ! Jessie aurait rêvé d'être baleine de roman, comme je rêvais moi-même d'être pêcheur de conte. Soixante et onze pour cent de notre vie n'est que rêve, je le sais, j'ai calculé. Je ne veux embêter personne avec ça. C'est assez savant.

On filait en direction du sud. La proue de *Mrs Dalloway* taillait proprement dans l'eau calme. Jessie tenait l'hameçon dans sa gueule et le triple croc d'acier semblait ne pas vouloir lâcher. Je serrais le manche de la canne de toutes mes forces. Les épaules me brûlaient.

La baleine allait par le fond et ne se montrait pas. Le vieux Santiago s'était laissé entraîner par l'espadon au large, jusqu'à ne plus voir la terre, mais lui pêchait sur le grand océan au large de La Havane. En l'occurrence, la dimension du lac ferait que jamais je ne perdrais les montagnes de vue, ni les villages blottis sur les rives, ni les mâts des voiliers mouillés dans les ports. Forcément, *Mrs Dalloway* tournerait en rond. C'était un avantage. Qui, de Jessie ou de moi, se fatiguerait le premier ? Qui rendrait les armes ? Et comment ? Il me faudrait hisser Jessie, une fois vaincue, sur la plage de Talloires, secondé dans ma tâche par un matelot unijambiste. Oliver flottait dans l'eau accumulée au fond de la barque. Il s'agirait déjà de le faire sécher. Chaque chose en son temps.

1. Sécher mon nounours.
2. Tirer la baleine et la fixer solidement contre le flanc de *Mrs Dalloway*, comme on le voit sur les vieilles gravures.
3. Ramener Jessie dans la baie de Talloires.
4. Boire un coup en réfléchissant à la façon de la hisser jusqu'à la buvette.

5. Une fois le monstre allongé sur l'herbe, faire des photos.

6. Remettre la baleine à l'eau.

Le programme était bien rempli. Il faudrait du courage et j'en avais. De la force aussi. Du pain, du whisky, du fromage et du vin. Si ce n'était un problème de ravitaillement, j'aurais pu vivre des mois sur l'eau. Devenir ce pêcheur obstiné qui n'a de cesse de traquer le monstre du lac. Une légende ! Capable de vivre et de mourir dans un roman d'Hemingway.

Pour ne pas me fatiguer trop vite, je relâchais alternativement, le bras droit, puis le bras gauche, refroidissais dans l'eau une main, puis l'autre. La baleine tirait fort et *Mrs Dalloway* filait droit. On dépassa *L'Allobroge* au moment où le bateau virait pour aller embarquer des passagers sur le port de Menthon. Les touristes s'agglutinaient à sa poupe pour photographier le château de Menthon, dont on dit qu'il servit de modèle à Walt Disney pour celui de *La Belle au bois dormant*. Aurait-il également choisi la baleine du lac comme modèle pour la baleine de Pinocchio ? Lui fourrant dans le gosier le vieux Gepetto, tout comme j'y avais précipité, à l'aube finissante, le vieux Santiago et ses bouquets d'hameçons. Le vieux Gepetto et le vieux Santiago prisonniers de la panse de la baleine du lac d'Annecy ! Aucun vin n'aurait pu me faire apparaître ce rêve bicéphale. Non. Le lac distillait son encens. Chaque arbre de ses rives cachait un enfant. Chaque pierre faisait naître un bébé. Jessie me faisait remonter le temps. Quand donc le monstre me redonnerait-il mes cinq ans ? Enfant, je lançais déjà des pierres sur le reflet de Nessie dans le pli des eaux noires du Loch Ness. Je me dressais au milieu des ruines du château d'Urquhart et provoquais le monstre en duel. Je dessinais des serpents de mer terrifiants que je montrais à mon père, jurant les avoir vus. Tous les gamins de la ville d'Inverness ont un jour ou l'autre colorié le monstre dans leur cahier. Je sortirais Jessie du lac d'Annecy pour combler le petit chasseur que j'avais été.

Alors, tous les enfants d'Annecy et des villages environnants rempliraient leurs cahiers de dessins du monstre. Jessie plongerait dans les abysses de leurs rêves et battrait de sa puissante queue la surface de leur sommeil.

On offrirait au monstre des radeaux fleuris le jour de la grande fête du Lac, on dirait une messe en son honneur en la cathédrale Saint-Pierre. Il faudrait ajouter Jessie sur le blason de la ville. L'air est un placenta. J'ai senti sur la peau de mes bras grouiller de nouvelles cellules. Le vent frais me rhabillait de neuf. L'enchevêtrement des massifs bouchait l'horizon, du gris le plus foncé en avant-plan au gris le plus clair dans le lointain. Un décor de rêve pour une lutte épique. Soudain, l'inclinaison du fil changea. *Mrs Dalloway* ralentit. La baleine remontait vers la surface. J'ai pu rembobiner un bon mètre. Un dôme s'est formé à la surface de l'eau. Une mouette a piqué, frôlant le dos puissant qui affleurait, très vite imitée par une nuée d'oiseaux bruyants. Des poissons de toutes sortes sautaient autour de l'énorme masse grise, fuyaient les tourbillons d'écume qu'elle créait. La baleine a soufflé. Un violent geyser d'air et d'eau est monté jusqu'au ciel, retombé en une pluie aussi lourde qu'une grêle d'orage. Comment un lac de cette taille avait-il pu emprisonner une force pareille ? Je tournai la tête, cherchai *L'Allobroge* retardé à l'embarcadère de

Menthon et toujours invisible, masqué par la haute falaise du roc de Chère. Personne à bord n'avait pu la voir. La baleine a sorti sa gigantesque queue des vagues, l'a levée lentement jusqu'à masquer tout l'horizon et l'a reposée sur les flots tout aussi calmement. Ce geste, d'une grande douceur, faisait, je crois, office de salut. Je lui ai répondu de la main. Elle a cessé de nager et s'est mise à grogner. Le chant sourd a fait vibrer l'air et l'eau, siffler le fil de nylon tendu entre elle et moi. À la voir, à nous voir, *Mrs Dalloway*, Oliver et moi, on n'aurait pas donné cher de nos chances ! Le moindre mouvement sec de sa part aurait tout fracassé, mais Jessie se laissait faire. À quoi jouait-elle ? Elle a pivoté. M'a regardé. *Mrs Dalloway* lui faisait face. Il m'a semblé que la baleine se rapprochait lentement. Je rembobinai plusieurs mètres de fil supplémentaires. Elle a ouvert grand le gouffre de sa bouche et ingurgité une tonne d'eau. La barque a fait un bond en avant, attirée par le courant. Elle allait nous avaler ! Plus *Mrs Dalloway* s'approchait de la gueule du monstre et plus j'étais amoureux.

Voilà ce qui avait manqué à ma vie ! manqué au lac d'Annecy ! manqué à la Haute-Savoie. Une baleine ! C'était l'évidence. Je ferais connaître Jessie au monde entier ! Plus personne ne pourrait regarder le lac sans chercher à y apercevoir la célèbre baleine. Dans une vague levée au milieu des eaux, dans un mouvement anormal de sa surface, derrière une ombre qui passe, la baleine !

— Maman, j'ai vu la baleine !

J'entends déjà les cris de joie des enfants. Combien de fois, à l'affût devant le Loch Ness, ai-je soutenu que je voyais le monstre ! J'en étais terrifié et ravi. J'apprivoisais l'extraordinaire. Toutes les plages autour du lac, depuis Albigny, à Annecy, jusqu'à la réserve naturelle de Doussard, deviendraient autant de postes d'observation pour les rêveurs. L'intérêt pour le monstre du Loch Ness n'a jamais faibli. Celui pour la baleine du lac d'Annecy ne faisait que commencer.

C'est en 1933 que l'*Inverness Courier* lance pour de bon le mythe de Nessie, le monstre du Loch Ness, dans un article signé Alex Campbell, « *Strange Spectacle on Loch Ness* ».

C'est en février 1964 que Vincent Gaddis, dans un article intitulé « *The Deadly Bermuda Triangle* », définit dans le magazine populaire *Argosy* ce qu'est le terrible triangle des Bermudes.

C'est en 2018 que Murray Haig, charpentier de marine installé à Talloires et pêcheur à ses heures, annoncera dans le quotidien régional, *Le Dauphiné libéré*, l'existence d'une baleine dans le lac d'Annecy.

La sirène de *L'Allobroge* quittant le port de Menthon a retenti. Jessie a plongé. Entraînant *Mrs Dalloway* dans sa course. La canne s'est pliée à la limite de la rupture. Je tenais au bout de ma ligne un rêve de plusieurs tonnes et le fil tenait bon. Prise extraordinaire. Fil extraordinaire. Jour extraordinaire.

— C'est comme ça que les choses se passent, ai-je dit en imitant la voix que j'imaginais être celle du vieux Santiago.

Maintenant que je n'avais plus mon livre dans ma poche, c'était moi le seul pêcheur valide à bord de *Mrs Dalloway*. J'étais le « vieil homme », et le lac était « la mer ».

On a navigué droit sur Duingt, puis vers le bout du lac. Jessie a viré avant les hauts-fonds et repris la direction de la falaise abrupte du roc de Chère. On a passé la baie de Talloires. Menthon et son château. Veyrier. Encore Annecy ! Jessie tournait comme un loup en cage ! Elle s'arrêtait, repartait, s'arrêtait de nouveau, je profitai de ces répits pour reprendre des forces et écrire les péripéties de cette pêche sur mon cahier bleu.

Personne ne prêtait attention à cette barque ancienne qui filait sur le lac depuis des heures maintenant. Jessie semblait n'avoir jamais besoin de venir respirer en surface.

Elle nous a baladés, *Mrs Dalloway*, Oliver et moi, jusqu'à la nuit ! Les étoiles et la lune pourraient témoigner de notre folle navigation ! J'ai réussi à dormir un peu, Oliver serré dans mes bras. L'air froid du matin m'a réveillé. Elle était là ! Tout près de nous. Jessie dormait profondément, flottant en surface de ce lac d'une beauté extraordinaire.

Peut-on tourner sur un lac tout le temps d'une vie ? Bien sûr ! On tourne bien toute sa vie hors de l'eau, la barque des jours entraînée

par des petits poissons qui n'en valent pas toujours la peine.

Longtemps, j'ai bu du vin blanc de bonne heure.

En ce petit matin clair et joyeux, je vais trinquer à Jessie. Jessie, mon amie, mon amour !

Belle Jessie !

La baleine du lac d'Annecy.

Les citations du *Vieil Homme et la Mer*
d'Ernest Hemingway sont tirées de l'édition
Gallimard, collection « Folio », 1972.

Les vingt et une gouaches
de *La Baleine du lac d'Annecy*
sont de Blandine Gourio.

Du même auteur (suite)

Palace, en collaboration, Actes Sud, 1989.
La Carte des vins, roman, Michel Lafon, 1991.
Vous me croirez si vous voulez, Flammarion, 1993.
Les Coccinelles de l'Etna, roman, Gallimard, 1994.
Brèves de comptoir, Michel Lafon, 1987 ; 1988 ; 1989-1990 ; 1991 ; 1992 ; 1993 ; 1994 ; 1995 ; 1996 ; 1997 ; 1998.
Dix mille brèves de comptoir, Michel Lafon, tome 1, 1993 ; tome 2, 1995.
Chiens de comptoir, avec Blandine Jeanroy, Michel Lafon, 1996.
Dix mille brèves de comptoir, Robert Laffont, tome 3, 1999.
Brèves de comptoir 2000, Robert Laffont, 2000.
Brèves de comptoir, texte intégral, Robert Laffont, collection « Bouquins », tomes 1 et 2, 2002.
Brèves de comptoir – L'anniversaire !, Robert Laffont, 2007.
Les Nouvelles Brèves de comptoir, Robert Laffont, tome 1, 2008.
Les Nouvelles Brèves de comptoir, Robert Laffont, tome 2, 2009.
Brèves de comptoir, théâtre, Actes Sud-Papiers/Julliard, 3 tomes, 2010.
Brèves de comptoir, texte intégral, Robert Laffont, collection « Bouquins », tome 3, 2012.
Le Grand Café des brèves de comptoir, Robert Laffont, 2013.

Haïkus de mes comptoirs, Le Castor astral, 2014.

Le Petit Troquet des brèves de comptoir, Robert Laffont, 2015.

AU THÉÂTRE

Brèves de comptoir, « Une journée », ont été créées le 23 août 1994 au théâtre Tristan-Bernard, direction Eddy Saiovici, mise en scène de Jean-Michel Ribes.

Les Nouvelles Brèves de comptoir, « Une année », ont été créées le 15 septembre 1999 au théâtre Fontaine, direction Dominique Deschamps, mise en scène de Jean-Michel Ribes.

Les Nouvelles Brèves de comptoir, « Une semaine », ont été créées le 9 mars 2010 au théâtre du Rond-Point, mise en scène de Jean-Michel Ribes.

Les Cantates de bistrot, d'après les *Brèves de comptoir*, ont été créées en 2004 à la Péniche-Opéra, opéra-comique, musique de Vincent Bouchot, direction et mise en scène de Mireille Larroche.

Rita, elle est pas belle la vie ?, d'après les *Brèves de comptoir*, a été créée le 10 janvier 2012 à la Péniche-Opéra, opéra-comique, musique de Gaetano Donizetti et Vincent Bouchot, direction et mise en scène de Mireille Larroche.

Composition et mise en pages
Nord Compo à Villeneuve-d'Ascq

Numéro Editeur : 59427/04
Imprimé en France par Clerc 18200